LE TRIPODE

Littératures ■ Arts ■ Ovnis

*L'auteur remercie Lucie Eple, Sophie Quetteville,*
*Hugues Girard, Robert Ly et Camille Demoures.*

*Il remercie également pour son soutien*
*le Centre national du livre.*

François Szabowski

# L'AMOUR EST UNE MALADIE ORDINAIRE

roman

LE TRIPODE

# 1

LES PARISIENS SONT DES TÊTARDS pondus dans un ficus en pot. Ils ne dorment pas. Ils clignotent fébrilement dans la ville comme une bactérie au microscope, maintenus artificiellement en vie par la caféine et les apéros *afterwork*. Moi je suis un animal de la forêt, aux poumons larges et aux muscles saillants, conçu pour la lutte, qui ne ménage pas sa peine pour se frayer un chemin vers le bonheur à travers la jungle de ses semblables. Cela exige du repos, de longues plages de sommeil ininterrompu. Marie le savait. Pourtant, la veille au soir, elle avait encore une fois mal refermé les rideaux et, ce matin, un rayon de soleil filtrant depuis la fenêtre était tombé sur mon visage, et m'avait réveillé. J'ai regardé mon téléphone : il était à peine sept heures. L'anxiolytique que j'avais pris avant de dormir ne faisait plus effet, je savais que je ne réussirais pas à me rendormir.

J'ai serré les dents, agacé, puis je me suis tourné vers Marie. En la voyant à côté de moi, endormie profondément, ses longs cheveux blonds étalés sur l'oreiller, je me suis aussitôt radouci. Cela ne faisait que six mois que nous étions ensemble, mais on pouvait déjà dire que nous étions l'un des couples les plus extraordinaires du monde.

Notre entente était parfaite. Et je me suis mis à pleurer en sentant la sourde angoisse qui m'avait saisi la veille au coucher me prendre à nouveau à la gorge.

La soirée avait été lumineuse. Nous avions commencé par un cocktail Pelforth-Tetrazepam, dégusté sur les pelouses des Buttes-Chaumont. Il faisait beau, c'étaient les premières chaleurs de l'année et nous laissions la mixture faire son effet en dorant notre visage au soleil. La foule était dense mais je ne voyais que Marie, dont les yeux se voilaient peu à peu et scintillaient dans la lumière quand elle se penchait vers moi pour m'embrasser. Nous parlions de tout et de rien, riions sans cesse en regardant les abrutis qui faisaient du sport. Pris d'enthousiasme à la fin du premier pack, nous avions organisé avec nos bouteilles vides un concours de ball-trap sur les canards du plan d'eau. Marie l'avait remporté haut la main, 7 canards à 2, et nous étions sortis du parc en courant, hilares, pour échapper aux protestations des défenseurs de la nature. Nous nous étions ensuite régalés du copieux menu à sept plats d'un restaurant à la mode rempli de trentenaires barbus. Les deux bouteilles de Château Talbot nous avaient galvanisés, et faisant mine de sortir fumer une cigarette, nous étions partis sans payer, amadouant la valetaille en laissant sur nos chaises deux gilets à cinq euros achetés en route au marché de la Chapelle. Après avoir fêté l'aubaine en buvant de grandes lampées de rhum à la santé de la loi anti-tabac, nous avions descendu le boulevard Barbès en roue libre, à deux sur un vélib subtilisé à un étudiant timoré, et Marie assise sur la selle dormait ivre morte agrippée à moi pendant que je guidais l'engin en danseuse, laissant le vent frais ébouriffer mes cheveux. Nous avions terminé la soirée comme à l'accoutumée, nus dans les bras l'un de l'autre, haletants et fiévreux, sur le canapé-lit déplié à la hâte de mon petit studio de la rue des Pyrénées.

Mais tandis que Marie s'endormait contre moi, ses petites mains posées sur mon torse, je me suis mis à repenser aux moments délicieux que nous venions de passer, ainsi qu'à ces dernières semaines, où ma conscience avait perçu toute une série de petits détails que jusqu'ici j'avais sans doute refusé de voir. Depuis que nous nous étions constitués en couple, et même si je sentais bien que je lui plaisais, Marie avait toujours été un peu fuyante, indécise. Elle était gênée quand je lui parlais de mon adoration pour elle. Et elle avait souvent de brefs moments d'absence, où elle semblait plongée dans des pensées tristes. Mais, depuis quelque temps, je voyais bien que quelque chose avait changé. Que son visage s'illuminait quand elle me retrouvait. Qu'elle me prenait la main d'elle-même en attendant le métro. Et aussi cette façon qu'elle avait eue encore, cette nuit, de me serrer dans ses bras, de me regarder comme si j'étais une chose extraordinaire. Avec des yeux qui dégageaient une sorte d'abandon, de sérénité. Il fallait que j'arrête de me voiler la face : elle était tombée amoureuse de moi.

Je me suis effondré sur l'oreiller, effaré. J'étais enfin parfaitement heureux. C'était horrible. L'homme est en effet une machine merveilleuse, capable de passer une existence entière les pieds dans la crotte un sourire béat aux lèvres. Il peut vivre partout. Dans des taudis. Dans des déserts. À Beauvais. Tant qu'il a l'impression que le monde où il vit est le seul qui existe. Mais dès qu'on lui fait goûter autre chose, il ne peut plus revenir en arrière. J'ai alors réalisé que nous ne pourrions pas aller plus loin. Que nous étions arrivés au sommet. Qu'inexorablement, notre amour ne pouvait plus désormais que décliner. Et que je ne le supporterais pas.

Tout s'est mis soudain à défiler dans ma tête. Comment, peu à peu, Marie allait s'habituer à moi. Cesser de me considérer comme un miracle. Cesser de frémir, en me voyant arriver à nos rendez-vous. Commencer à s'agacer de mes défauts. À répondre sans joie à mes coups de fil. Se mettre à rire trop volontiers aux plaisanteries des serveurs. Et comment nous finirions par nous quitter, bien sûr. Comme les autres. Et ensuite, cette chose plus horrible encore : quand nous nous croiserons par hasard, des années plus tard, et qu'elle me dira gentiment, mais sans la moindre mélancolie :

— Ça me fait plaisir de te voir.

J'ai compris que je n'avais plus le choix : il fallait que je me suicide. Pour que notre amour reste à son apogée, inaltéré, idéal. Si je disparaissais maintenant, aucun des hommes qu'elle connaîtrait par la suite ne serait jamais à la hauteur, en comparaison avec moi, et avec notre histoire. Ils commettraient tous l'erreur de rester vivant, et feraient subir à leur amour la patine du temps. Oui. Mourir était la seule chose à faire pour que notre amour dure éternellement. Et il fallait agir vite. Aujourd'hui même. Dans une semaine, il serait peut-être déjà trop tard.

J'ai avalé tout de suite un anxiolytique pour calmer mes nerfs, puis je me suis habillé à la hâte. Avant de partir, je me suis assis au bord du lit pour regarder Marie une dernière fois. Mon cœur s'est serré face à tant de splendeur. J'avais envie de la prendre dans mes bras, de l'embrasser. Elle a alors ouvert les yeux et a souri en me voyant à côté d'elle. J'ai reniflé. Elle a froncé les sourcils, encore à moitié ensommeillée.

— Pourquoi tu pleures ? Y a plus de bière dans le frigo ?
— Si, il en reste.
— Alors ?
— Je pleure parce que je suis heureux. Parce que j'ai jamais aimé quelqu'un comme je t'aime.

C'était la première fois que je lui disais une chose pareille. La première fois que je disais ça tout court. Son visage s'est décomposé, elle n'a pas osé faire une plaisanterie cette fois et elle s'est jetée dans mes bras, couvrant mon visage de baisers. J'avais envie de l'embrasser aussi, mais une lame cruelle me traversait l'âme en songeant à la duplicité de la nature humaine et comment, alors qu'elle me prodiguait maintenant ces marques d'affection, Marie – dans deux mois, deux ans ? – allait inéluctablement cesser de le faire. Je me suis soustrait à ses baisers et je me suis levé en souriant.

— J'ai une chose à régler. Je reviens tout à l'heure.

Je lui ai dit qu'elle pouvait rester là si elle voulait, et je lui ai laissé un double des clés au cas où elle ne veuille pas attendre mon retour. Elle a pris les clés, les yeux scintillants de joie, et elle m'a répondu qu'elle m'attendrait. Toute la vie s'il le fallait.

— Ou, au moins, tant qu'il y aura des bières dans le frigo…

Elle s'est mise à rire de sa plaisanterie, allongée nue dans le lit aux draps défaits, et j'ai eu l'impression que d'un seul coup la lumière envahissait la pièce. Tout cela était trop dur à supporter. Je lui ai souri une dernière fois, j'ai refermé la porte, puis j'ai dévalé les escaliers les dents serrées.

Quand je suis arrivé sur le trottoir, mes jambes flageolaient. Pour me donner du courage, je suis allé tout de suite acheter une bouteille de vodka à l'épicerie. J'ai bu deux longues gorgées et je me suis mis à marcher d'un pas vif. Je n'avais aucune idée encore de la façon dont j'allais procéder pour mettre fin à mes jours. Ce qui était certain, c'était que ma mort ne devait pas passer pour un suicide. Autrement, Marie pourrait m'en vouloir de lui avoir infligé ça, de ne pas avoir pensé à elle. Ou au contraire se sentir coupable de ne pas avoir senti ma détresse, de ne pas avoir été assez à l'écoute. Ce qui ne manquerait pas dans tous les cas d'altérer ses sentiments envers moi. Devais-je déraper sous une rame de métro bondée de travailleurs ? Me faire renverser Porte de Bagnolet par un camion-citerne ? J'avais des scrupules en pensant aux incidences qu'aurait ma mort sur la fluidité du trafic, et aux multiples désagréments tant humains que professionnels qui s'ensuivraient. J'ai opté finalement pour la noyade, qui me paraissait la solution la plus citoyenne, mais aussi la plus simple au plan technique. J'ai en effet toujours été mauvais nageur, et il me suffirait d'avaler une grande tablette d'anxiolytiques assaisonnée à la vodka pour que la chose se fasse sans douleur.

Afin d'éviter toute ambiguïté sur la nature de mon trépas, j'ai débauché au moyen d'un malheureux billet de 50 euros un punk à chien sans chien qui flageolait ivre mort autour des poubelles du Conforama, et je l'ai attiré sur le pont Neuf, où nous nous sommes installés sur les bancs de pierre aménagés dans les petits renfoncements du pont. Le bougre ne comprenait guère ce qu'il faisait là, mais il tâtait avec émotion le billet que je lui avais donné. Pour l'amadouer je le laissais aussi de temps en temps boire une gorgée à ma bouteille, entre les larges rasades que je faisais couler dans ma gorge pour faire passer la tablette de comprimés. Je sentais que le mélange faisait effet. Il ne fallait pas que je tarde. Je me suis redressé péniblement pour m'assoir sur le parapet. Ma perception du monde extérieur était de plus en plus floue. Le soleil m'aveuglait. La rumeur des voitures enflait dans ma tête. Dans un dernier éclair de pensée, j'ai vu se dessiner sur le ciel le visage diaphane de Marie, qui me souriait, rayonnant. Le vertige me prenait. C'était le moment. J'ai attendu qu'un groupe de passants arrive à notre niveau, puis j'ai agrippé le punk en faisant mine de me détacher de lui. Je me suis mis à hurler comme un putois, en disant que je n'avais pas d'argent, qu'il fallait qu'il me laisse tranquille. Les passants horrifiés se sont tournés vers nous, et je me suis laissé tomber à la renverse.

# 2

QUAND J'AI REPRIS CONNAISSANCE, je me trouvais à l'hôpital Saint-Antoine, dans une chambre aux murs sales où l'air vrombissait, chargé de javel et de sang. Face à moi se tenait Didier, mon demi-frère, avec son épaisse tignasse blonde, son regard bleu délavé et son air de gros chien triste. Je n'en croyais pas mes yeux.

— Je suis pas mort ?
— Non.
— Qu'est-ce qui s'est passé ?

Il m'a dit que j'avais été agressé sur le pont Neuf par un punk qui m'avait jeté à l'eau, et que j'avais atterri sur un bateau-mouche qui passait à ce moment-là. J'avais traversé le toit en plastique et rebondi sur une obèse australienne, qui avait amorti ma chute. Je m'en étais sorti avec une simple commotion. Un miracle.

Didier avait les larmes aux yeux. Il souriait. L'imbécile. Il n'avait rien compris : ce n'était pas un miracle, c'était un désastre. Tout était à recommencer. Je lui ai demandé depuis combien de temps j'étais là. Il m'a dit 24 heures ; à mon réveil, à cause du choc j'avais eu une phase de délire et les médecins m'avaient gardé en observation.

— Comment t'as su que j'étais là ?

Il a haussé les épaules.

— C'est mon métier. Je sens quand la mort est pas loin... Et t'es passé tout près.
— T'en as parlé à quelqu'un ? T'as prévenu Marie ?

Il a froncé les sourcils.

— Non.
— Donne-moi mon téléphone.

Marie avait essayé de m'appeler dix-sept fois, et m'avait envoyé vingt-quatre messages. Elle m'avait attendu jusqu'au soir, puis était sortie me chercher au bar où j'avais fait quelques extras ces dernières semaines, mais ne m'avait pas trouvé, et avait décidé de rester chez moi tant que je ne serais pas rentré. Son dernier message datait d'il y a deux heures. Elle avait passé la nuit dans l'angoisse. Elle était sur le point d'appeler la police. J'ai éteint mon téléphone en tremblant. Je me suis tourné vers mon demi-frère.

— Didier : il faut que je meure. C'est urgent.

Il s'est mis à blêmir et m'a demandé pourquoi. Je lui ai expliqué que le punk n'y était pour rien, et que la forme suprême de vie sur Terre n'était pas le corps humain, mais l'amour. Que le corps humain, et son cerveau, n'étaient qu'une matière première dont la seule vocation, transitoire, était de permettre la création de cette merveille à nulle autre pareille qu'était l'amour, qui vivait au-dessus de nous comme le soleil brillait au-dessus de la Terre. Que sans amour, il n'y avait pas de vie, mais que la vie, elle, n'était pas indispensable à l'amour.

— C'est-à-dire ?

J'ai soupiré, et je lui ai dit que, plus grossièrement, ça voulait dire que si je mourais maintenant, au plus fort de notre relation, notre amour avec Marie n'aurait pas à subir les épreuves du couple, et ne pourrait donc pas décroître. Qu'elle m'aimerait à jamais. Et que c'est pour ça que j'avais préféré mourir plutôt que de prendre le risque de perdre son amour. Didier s'est mis à sourire.

— Alors ça y est ? Elle t'aime ?

Les larmes me sont montées aux yeux.

— Oui. Mais si je meurs pas, elle va cesser de m'aimer.

Didier s'est assombri. Il a secoué la tête, visiblement à court d'arguments.

— Les médecins t'ont interdit de sortir...

J'ai souri.

— Il y a un an, tu t'en foutais, de ce que pensaient les médecins...

Didier a souri à son tour, j'ai rassemblé mes affaires à la hâte et nous avons gagné la sortie en nous soustrayant à la surveillance des gardes-chiourmes antillais de l'établissement.

C'était ici que nous nous étions rencontrés, l'année dernière, dans les travées de ce même hôpital. J'étais sur le point de sortir, après avoir été soigné pour mon attaque cardiaque, et j'avais trouvé Didier en train d'errer comme une âme en peine dans les couloirs. Il venait de subir un traumatisme crânien et avait perdu la mémoire. On l'avait retrouvé sur un quai du canal Saint-Martin sans papiers, ni le moindre document permettant de l'identifier. Et aucun avis de recherche ne correspondait à son signalement. Il se sentait seul au monde, abandonné, et supportait mal le sevrage alcoolique que lui imposait le personnel médical. Nous avions sympathisé, et je l'avais convaincu de ne pas s'éterniser ici.

Une fois dehors, il s'était retrouvé comme une mouche au-dessus de l'Atlantique. Il ne savait pas quoi faire, ni où aller. Ému par sa situation, je m'étais occupé de lui pendant sa convalescence. Comme nous nous ressemblions un peu physiquement, nous nous étions déclarés frères, pour plaisanter. J'avais préféré « demi », car je suis un être joyeux, maigre et sociable, cela me gênait d'avoir un lien de famille direct avec un personnage aussi sinistre, taciturne et replet.

Il avait renoncé à faire des recherches pour retrouver son identité. Il s'était dit à juste titre qu'il ne gagnerait rien à essayer de reprendre contact avec une vie où visiblement on ne voulait pas de lui, puisque personne n'avait cherché à retrouver sa trace. En attendant que la mémoire lui revienne, je l'avais donc emmené faire l'acquisition de nouveaux papiers à Barbès. J'avais réussi à lui faire obtenir ceux de Didier Jacques, un SDF issu de l'Assistance publique, dont le corps avait « disparu ». Il avait ainsi pu récupérer une histoire administrative complète, qui lui avait permis de passer les concours de la Ville de Paris. Il avait opté sans surprise pour celui de gardien de cimetière, qui correspondait parfaitement à son état psychique.

Il vivait depuis dans le vide sidéral de l'oubli, sans aucun souvenir antérieur à sa sortie de l'hôpital. Pour lui, il était né il y a un an, une nuit, au pied d'un réverbère à côté du canal, ivre, commotionné, sans qu'on sache si c'était une agression ou si bêtement il avait heurté le réverbère parce qu'il avait trop bu. Il vivait tristement, entretenant les tombes, balayant les allées du cimetière, traînant son balai comme le forçat son boulet. Mais au moins, il tenait debout, vaille que vaille, et enfilait calmement les jours, comme les pièces des puzzles qu'il passait des heures à assembler, dans le silence de son petit appartement de la rue des Rondeaux, qui donnait sur les tombes du cimetière du Père-Lachaise. Ce n'était pas un gai luron, mais il me faisait de la peine, et comme j'avais moi-même plus ou moins tiré un trait sur mon passé à ma sortie de l'hôpital, Didier était de fait depuis un an mon seul ami.

Je me suis senti faible au bout de quelques pas. Nous nous sommes installés sur un banc du square Majorelle à côté de la rue Saint-Bernard. Il y avait plusieurs couples sur les bancs voisins, et j'ai contracté les mâchoires, car j'avais parfaitement conscience qu'aussi sûrement que les vagues inlassablement creusent la falaise, chaque seconde que je passais à vivre était peut-être en train d'éroder notre amour avec Marie. J'ai retrouvé un vieil anxiolytique au fond de mon portefeuille. Didier m'en a proposé un autre, plus efficace. J'ai pris les deux.

— Ça va mieux ?
— Bof.
— Il faut que tu manges un peu.

Il a sorti un saucisson à l'ail de son sac et s'est mis à découper des rondelles avec son couteau suisse. J'en ai avalé deux sans mâcher, puis je lui ai redonné les autres. Je n'avais pas le cœur à manger. Il fallait que je meure, le plus vite possible. Je ne savais pas si je devais tenter une nouvelle noyade, ou s'il fallait que je trouve autre chose. J'ai demandé conseil à Didier.

— Mais pourquoi elle cesserait de t'aimer ?

Je me suis mis à crier.

— Parce que c'est toujours comme ça que ça se passe !

Didier a repris d'une voix douce, pour me dire que j'étais encore sous le choc. Il valait peut-être mieux que j'attende un peu, le temps de me remettre. Il m'a conseillé d'aller rejoindre Marie, qui devait s'inquiéter. Je l'ai regardé, horrifié : il n'avait rien compris. Je me suis mis à crier à nouveau et je lui ai répété que si je ne me tuais pas très vite, j'allais perdre l'amour de Marie. Or, si je le perdais, je n'aurais plus de raison de vivre : je me tuerais donc de toute façon. Pour lui prouver que je ne plaisantais pas, j'ai pris le couteau suisse qu'il avait posé sur le banc et je me le suis planté dans la cuisse. Le tissu de mon jean rougeoyait autour de la lame. Je me suis tourné vers Didier, les yeux exorbités.

— Alors ? T'as compris, maintenant ?

Didier était blanc comme un linge.

— Enlève ça, vite…

J'ai retiré le couteau, et je l'ai reposé sur le banc. Le sang s'est mis à bouillonner en sortant de la plaie, se répandant largement sur mon jean. Didier est resté un instant sans rien dire, hagard, regardant alternativement ma cuisse et mon visage, puis il m'a pris d'autorité par la manche pour m'emmener aux urgences. Je me suis débattu en hurlant. Il a accepté qu'on se contente d'une pharmacie. Le jeune praticien qui m'a fait un bandage, un peu plus loin sur la rue du Faubourg-Saint-Antoine, était visiblement très inquiet de l'état d'excitation dans lequel m'avait mis Didier, et il a fait un travail de souillon.

— Je suis désolé, je sais pas ce que j'ai. Appuyez bien.

Didier avait l'air encore plus inquiet. Il ne m'avait jamais vu dans une telle rage. Il m'observait comme si j'étais fou, qu'il fallait qu'il prenne soin de moi, et qu'il ne savait absolument pas comment faire. En sortant de la pharmacie, tentant de me prendre par les sentiments, il m'a dit d'une voix sourde que si je mourais, sa vie n'aurait plus aucun sens. J'étais la seule personne pour qui il existait. Pour tous les gens qui l'avaient connu avant son accident, et qui ne savaient pas ce qui lui était arrivé, il était déjà mort, il n'existait plus : si je mourais, il cesserait totalement d'exister. Il n'aurait donc plus aucune raison de ne pas mourir lui aussi.

C'était là un immonde chantage affectif, mais je me suis interrompu soudain, en repensant à ce qu'il venait de me dire : c'était vrai que pour tous ses proches, Didier était mort. J'ai pris le temps de réfléchir : il suffisait peut-être que je disparaisse, comme il avait disparu, malgré lui, il y a un an ? Ainsi, notre amour avec Marie serait sauvé, et je pourrais en plus continuer à vivre.

J'ai serré Didier dans mes bras. Il m'a demandé ce que j'avais, et je lui ai expliqué mon raisonnement. Il a ouvert grand les yeux de stupeur, mais j'ai senti qu'au fond, ma proposition le soulageait. Je suis allé acheter des bières à l'épicerie pour m'aider à réfléchir plus vite. Didier me suivait avec un air peiné mais conciliant, en écoutant les stratagèmes que je développais pour m'efforcer d'organiser la chose au mieux. L'épisode du couteau suisse semblait l'avoir convaincu du bien-fondé de mon entreprise. Il avait cessé de me contredire.

Nous nous sommes assis sur un banc, et au bout d'un litre, j'ai fini par trouver une solution, que je lui ai exposée à grands traits. Il fallait que ce soit lui qui aille annoncer ma mort à Marie. Ils s'étaient déjà rencontrés une fois, lorsque nous étions allés avec elle au Père-Lachaise récupérer quelques fleurs pour l'anniversaire de sa sœur.

Je voyais à son air atterré que ce que je lui demandais lui posait des problèmes moraux. Pour l'amadouer, j'ai posé ma main sur son épaule et je lui ai dit que moi non plus, je n'avais pas envie qu'il meure. Je tenais à lui. Il était mon seul ami.

Je ne m'étais pas rendu compte que je m'étais mis à pleurer. C'est Didier qui m'en a fait prendre conscience, quand il s'est mis à passer ses gros doigts gourds et rouges sur mon visage pour les essuyer. Puis il m'a dit en tremblant, comme si les mots qui s'échappaient de sa bouche n'étaient pas les siens, que ce que je lui demandais était horrible, mais qu'il le ferait. Parce que j'étais son demi-frère, et aussi parce que, au fond, mon combat était noble. Il était d'accord avec moi : l'amour était la seule chose qui vaille au monde. Sans amour, la vie n'était qu'une fanfare grotesque et triste interprétée par des sourds. Il a baissé la tête, puis il a sorti le saucisson à l'ail de son sac pour se découper une rondelle, mais son couteau était encore plein de sang. Il s'est contenté de mordre à même le boudin rose.

J'étais fou de joie. Il était 15 heures. Cela faisait plus de trente heures que j'avais quitté Marie. Est-ce que techniquement il était possible que j'aie déjà été enterré ? Il m'a répondu que le délai légal était de vingt-quatre heures. C'était bon. Nous nous sommes mis d'accord sur les détails, puis je lui ai laissé mon téléphone, j'ai fini ma bière d'un trait, et je me suis dirigé en boitant vers le métro.

## 3

LES GENS, DE NOS JOURS, ne sont plus habitués à la vision du sang. Pour m'épargner les cris d'épouvante que m'avait valu mon jean souillé dans le métro bondé, je suis allé m'acheter un nouveau pantalon dans une boutique de la rue du Faubourg-du-Temple. J'ai ensuite fait l'acquisition d'un téléphone, et j'ai poursuivi sur la rue Saint-Maur pour aller voir Jean-Luc et Nathalie, mes agents immobiliers, afin qu'ils me trouvent au plus vite un nouvel appartement. Leur agence, tout en longueur, était constituée de deux boxes contigus où Jean-Luc et Nathalie avaient chacun leur bureau, et d'un couloir étroit parcouru inlassablement par un petit chien émotif, nommé Sartre, qui venait s'asseoir systématiquement sur les genoux des clients pendant que Jean-Luc et Nathalie leur faisaient remplir les dossiers.

Sartre a jappé à mon arrivée pour me souhaiter la bienvenue, Nathalie m'a fait un petit signe de la main depuis son bureau, et Jean-Luc, après avoir éteint sa cigarette, s'est levé pour me faire la bise. Il avait vécu dans le monde de la nuit avant de prendre cette agence avec sa femme, et n'avait pas jugé opportun de modifier quoi que ce soit de ses manières ou de son apparence quand il avait changé de métier. Vêtu avec élégance mais simplicité, il avait ainsi conservé ses cheveux décolorés, quelques piercings discrets, et se contentait de refermer les manches de sa chemise pour couvrir ses tatouages quand il recevait la visite de propriétaires. Il a vu que j'avais l'air préoccupé, et m'a demandé ce qui m'amenait.

— Ma copine m'a quitté.

Jean-Luc s'est décomposé.

— Mais pourquoi ?

J'ai soupiré.

— Les femmes sont des papillons. Elles n'aiment pas rester trop longtemps quelque part…

Jean-Luc a secoué la tête, atterré.

— Quelle connasse…
— Qu'est-ce qui se passe ?

Nathalie avait levé la tête de son bureau, et Jean-Luc lui a répondu à travers la baie vitrée. Elle a poussé un râle exaspéré et est venue jusqu'à moi pour me prendre dans ses bras. Elle savait que je n'avais pas de chance en amour. C'était déjà à cause d'une femme que je m'étais retrouvé dans leur agence, à ma sortie de l'hôpital. À l'époque, j'étais sous le choc, sans ressources ni la moindre caution. Émus par ma situation ils m'avaient quand même accordé ce petit studio de la rue des Pyrénées. C'était comme ça qu'ils envisageaient leur métier. Jean-Luc disait qu'on avait toujours plus d'emmerdements avec des riches cons qu'avec des pauvres fiables, et ils accordaient toujours la priorité à ceux qui avaient une bonne mentalité, quelles que soient les garanties qu'offrait leur dossier. Mais ils n'étaient pas politisés : si un riche avait l'air fiable, ils le prenaient aussi.

Nathalie m'a dit qu'on vivait vraiment une époque de merde, qu'elle était peinée pour moi, et Sartre, qui couinait de compassion, est monté sur mes genoux pour me consoler. Jean-Luc a allumé une cigarette puis m'en a proposé une. Je l'ai acceptée de bon cœur. Nathalie a fait la grimace.

— Tu fumes trop, Jean-Luc.
— T'as raison.

Jean-Luc a éteint sa cigarette et m'a demandé si je voulais dîner avec eux. Je l'ai remercié, mais je n'étais pas libre. Je lui ai dit que j'étais venu les voir pour changer d'appartement. Celui-ci était trop chargé de souvenirs, trop peuplé de fantômes. J'avais besoin de changer d'air, de quartier, pour repartir du bon pied et mettre le passé de côté. Jean-Luc a hoché la tête d'un air entendu, puis il s'est mis à consulter ses fichiers et m'a proposé plusieurs appartements. Mais la plupart n'étaient disponibles que dans quelques semaines. Je lui ai expliqué que j'avais besoin de déménager le plus vite possible. Il m'a dit qu'il avait bien un petit studio vers Nation, que je pourrais intégrer dès demain, mais dans un immeuble vétuste en rénovation. Il y avait des travaux toute la journée, c'était un vacarme infernal. Personne n'en voulait. Je lui ai répondu que ça ne me dérangeait pas ; comme ma vie était elle-même en rénovation, je me sentirais chez moi. Jean-Luc a eu un sourire triste. Il m'a demandé si je voulais le visiter. Je lui ai dit que ce n'était pas la peine. Nous avons signé les papiers. Jean-Luc m'a donné les clés. J'ai caressé Sartre avec mélancolie, puis je l'ai déposé sur le sol et je suis sorti.

Je suis allé ensuite me faire percer les oreilles à Châtelet, acheter quelques vêtements et accessoires dans une boutique gothique, cinquante exemplaires de *L'Équipe*, une paire de jumelles, puis je me suis rendu chez Didier, dans son appartement de la rue des Rondeaux. Il n'était pas encore rentré. Sa grande pièce, dotée d'une seule fenêtre donnant sur le cimetière du Père-Lachaise, était encombrée de puzzles représentant des chatons, des personnages de dessins animés, des chérubins et autres singes hilares en salopette, en complète contradiction avec l'air ombrageux qu'arborait perpétuellement Didier sur son visage placide. Certains puzzles étaient encore en chantier, étalés sur sa table ou à même le sol au milieu de canettes de bière vides. D'autres, encadrés, étaient accrochés aux murs, entre des étagères où s'empilaient les boîtes des puzzles à venir.

J'ai ouvert la fenêtre pour aérer la pièce, défoncé à coups de marteau la planche qui dissimulait l'âtre de sa cheminée désaffectée, puis j'ai entrepris de brûler un à un les exemplaires de *L'Équipe*. Le feu prenait bien, mais le conduit d'évacuation était obstrué. La fumée envahissait la pièce. J'ai dû actionner la hotte de la cuisine et la ventilation de la salle de bains pour éviter de déclencher l'alarme incendie. Quand le volume des cendres m'a paru suffisant, je me suis installé sur une chaise face à la fenêtre, et je me suis mis à parcourir un exemplaire du journal. Bien que fastidieuse, la lecture m'occupait l'esprit. Je me sentais plus calme. La machine était en marche. Il ne restait plus qu'à attendre le retour de Didier.

Le temps a passé. Je me suis mis à prendre peur que Didier n'ait pas pu trouver Marie, ou que celle-ci ait déjà lancé une recherche et que Didier ait été arrêté par la police. Mais il a fini par arriver, peu après 21 heures. Il avait l'air dévasté.

— C'est fait.

Il s'est assis lourdement sur une chaise, et a pris la bière que je lui tendais. Il m'a dit qu'il n'avait pas eu besoin d'utiliser mon téléphone. Marie était encore chez moi. Il l'avait trouvée avachie dans le canapé-lit, les traits tirés, une bouteille de gin à la main. Il lui avait tout raconté. Comment j'avais dérapé sur une flaque de vomi au bord du quai de la station Place des Fêtes, et comment j'étais tombé sur les voies au moment du passage de la rame. Celle-ci m'avait totalement broyé. Mon corps était en morceaux. Il manquait même des bouts. Seule la tête, miraculeusement, avait été épargnée, et j'avais pu être identifié grâce à une ordonnance pour des anxiolytiques qu'on avait retrouvée au milieu de mes viscères, imbibée de bile. Didier avait voulu en savoir plus, mais les policiers, après avoir consulté les vidéos de surveillance, lui avaient confirmé que le quai était presque désert. Ce n'était pas un assassinat, ni un suicide. J'avais bêtement glissé.

— Et alors ? Comment elle a réagi ?

Didier a soupiré.

— À ton avis ?

Il a cru qu'elle allait devenir folle. Elle criait, s'accrochait à lui. Elle ne voulait pas le lâcher. Elle disait que j'étais l'amour de sa vie, qu'elle n'avait jamais rencontré quelqu'un d'aussi exceptionnel. Que la vie était trop injuste. Elle rampait sur le sol en hurlant. Didier a secoué la tête.

— C'était horrible.
— Elle avait alerté la police ?
— Non. Elle était trop bourrée.

J'étais parcouru de frissons. Un geyser de larmes montait depuis ma poitrine. J'avais la confirmation définitive que Marie m'aimait vraiment. Que j'avais choisi le bon moment pour disparaître.

— T'as bien pensé à lui dire que je l'aimais comme un fou ?

Troublé de voir les larmes de joie qui coulaient sur mon visage, Didier a dû ouvrir une autre bière avant de poursuivre son récit, puis il m'a confirmé qu'il avait dit à Marie que je lui parlais tout le temps d'elle. Qu'elle était la lumière de ma vie. Et qu'il était sûr que, dans mes ultimes moments de conscience, avant que la rame du métro ne me passe dessus, c'était vers elle qu'étaient allées mes dernières pensées. Didier, lui aussi, avait bien sûr tout de suite pensé à elle quand il avait appris le drame. Mais mon téléphone avait été broyé dans l'accident, et il n'avait aucun moyen de la joindre. Il avait été tellement choqué de la façon dont le wagon avait déchiqueté mon corps qu'il n'avait pas pu supporter l'idée de me laisser plus longtemps au monde dans cet état effroyable. Comme par ailleurs nos parents étaient morts, que nous n'avions plus aucun contact depuis longtemps avec le reste de la famille, et que, de par ma nature sauvage, je n'avais pas vraiment d'amis proches, il avait organisé très vite la crémation. Marie s'était remise à hurler, et lui avait demandé quand elle avait eu lieu. Il lui avait répondu là. Tout à l'heure. Il en sortait. Il était venu seulement récupérer quelques affaires, il ne pensait pas la trouver ici. Mais il était heureux d'avoir pu la prévenir. Marie s'agrippait à lui, plantant ses doigts dans sa chair en hoquetant sous les sanglots, se lamentant de ne pas avoir pu me voir une dernière fois. Didier l'avait consolée en lui disant que c'était mieux qu'elle garde de moi une image inaltérée. Ce qu'il avait vu à la morgue, ce n'était plus moi. Puis il lui avait dit qu'il avait encore les cendres. Que si elle voulait, elle pourrait venir demain matin au Père-Lachaise pour les répandre avec lui au Jardin du souvenir et, ainsi, pouvoir me rendre un dernier hommage.

— Et alors ? Elle a dit quoi ?
— Elle a accepté.

J'étais soulagé. C'était important pour moi de la voir pleurer. Et de pouvoir la voir tout court, une dernière fois. Didier semblait chiffonné. Il devait se sentir mal d'avoir dû faire une chose pareille.

— Par contre j'ai pas pensé à prendre tes affaires… J'y retournerai plus tard.
— C'est pas grave.

Nous avions encore du travail. Je lui ai demandé s'il avait l'urne. Il m'a dit oui. Il l'a sortie de son sac. C'était un modèle de base, mais ça conviendrait. Nous nous sommes dirigés vers la cheminée, et nous avons commencé à fourrer les cendres dedans, poignée par poignée.

— Y en a trop.
— C'est pas grave, on tassera.

Une fois la besogne achevée, nous nous sommes alimentés d'un petit salé aux lentilles. J'ai demandé ensuite à Didier de procéder à la tonte. Nous sommes allés dans la salle de bains. Il m'a fait asseoir sur un tabouret devant la glace, puis après avoir ratiboisé ma toison, il a recouvert mon crâne de mousse et m'a rasé à blanc. Je me suis chargé moi-même de la barbe, et me suis conservé un bouc, que je laisserais ensuite pousser pour manger complètement le bas de mon visage. La transformation était déjà saisissante, mais quand j'ai enfilé mes vêtements gothiques noirs ornés de pièces métalliques clinquantes et que je me suis observé dans la glace, j'ai été stupéfait : j'étais parfaitement méconnaissable. Ne restait plus qu'à attendre que les trous dans les lobes de mes oreilles cicatrisent pour que je puisse enfiler les deux grands anneaux en ivoire que j'avais achetés à la boutique, et ce serait parfait. Je me suis tourné vers Didier.

— Qu'est-ce que t'en penses ?

Il a eu un sourire contrit et m'a dit que ça ne m'allait pas du tout. Mais qu'au moins, c'est vrai, on ne me reconnaissait pas. Une larme a coulé sur sa joue, tandis qu'il continuait à me regarder en souriant. Il s'est avancé vers moi et m'a pris dans ses bras. Je lui ai demandé s'il était content pour moi. Il a eu un moment d'hésitation, puis il m'a dit oui.

— J'aurais bien aimé, moi aussi, qu'on m'aime comme ça… Tu crois qu'une femme m'a déjà aimé, dans ma vie d'avant ?

Vu son air sinistre et son embonpoint, je n'en étais pas certain. Mais j'étais reconnaissant qu'il ait su si bien tenir son rôle, aussi pour ne pas lui faire de peine je lui ai dit que c'était évident. Mais qu'il fallait regarder vers l'avant. Le monde était rempli de femmes ; j'étais sûr qu'un jour, il en rencontrerait une enfin qui l'aimerait comme Marie m'aimait.

Il a secoué gentiment la tête, m'a caressé la joue, puis, il est reparti se plonger dans le puzzle du poulbot étalé sur la table basse.

# 4

J'AI PASSÉ LA NUIT LES YEUX GRANDS OUVERTS à regarder le plafond. Dans quelques heures, on allait répandre mes cendres. J'allais mourir. Pour la première fois de ma vie. Je me demandais si tout cela n'était pas un cauchemar. Si en fermant les yeux pour m'endormir, je n'allais pas mourir vraiment.

Didier s'est levé à 6 heures 30. J'ai fait mine de dormir. Il a traversé sans bruit l'appartement plongé dans la pénombre pour aller se préparer. Je ne me suis levé qu'une demi-heure plus tard, peu après son départ. Je suis allé me verser du café, et je l'ai bu à petites gorgées, debout devant la fenêtre, en regardant le jour se lever sur les tombes du cimetière.

Celui-ci a ouvert à 8 heures. Les premiers visiteurs sont apparus. Des touristes, dont l'appareil photo pendu autour du cou rebondissait à chaque pas sur leur ventre. Mais aussi quelques veuves qui s'activaient comme des souris pour arroser les fleurs, noyant leur chagrin dans une série de gestes précis. J'ai regretté que nous ayons opéré dans l'urgence, et que nous n'ayons pas eu le temps d'essayer d'obtenir pour moi une vraie sépulture. J'aurais aimé qu'il reste un vestige concret de mon passage sur Terre. Marie n'aurait que des cendres, qui se répandraient dans le gazon et seraient peu à peu diluées par la pluie au milieu des crottes de pigeons.

Je l'ai vue déboucher du crématorium peu après 9 heures. Elle marchait comme une brindille aux côtés de Didier, qui tenait l'urne entre ses mains. Ils avançaient droit vers moi, en direction du Jardin du souvenir qui s'étalait au pied du mur d'enceinte. J'ai chaussé les jumelles. Marie portait une jupe à fleurs rouges, légère, et cette petite veste grise cintrée que j'aimais déboutonner pour poser mes mains sur ses hanches en l'embrassant. Elle était livide. Elle n'avait pas l'air d'avoir pleuré, mais c'était sans doute normal. Elle devait être sous le choc. Quand ils sont arrivés devant le gazon du Jardin du souvenir, ils se sont figés tous les deux. Marie les bras le long du corps, tremblante, et Didier à côté d'elle, l'urne entre ses mains.

Marie avait visiblement du mal à respirer. Sa poitrine se soulevait. À un moment, elle a levé les yeux vers l'immeuble. À travers la lentille de la jumelle, j'ai vu son regard finir par se poser par hasard sur la fenêtre d'où je l'observais, et un bref instant, nous nous sommes regardés droit dans les yeux. Elle était myope, elle ne pouvait pas me voir aussi distinctement que je la voyais, mais dans un mouvement de recul instinctif je me suis écarté de la fenêtre, le cœur battant. J'ai laissé passer un instant. Quand je me suis approché à nouveau pour l'observer avec les jumelles, Marie avait baissé les yeux et se tenait toujours immobile face au gazon. Elle semblait ne pas pouvoir se résoudre à accomplir ce dernier geste qui la séparerait de moi à jamais. Didier a fini par poser la main sur son épaule et lui a tendu l'urne. Marie a attendu quelques instants avant de la prendre dans ses mains, puis l'émotion l'a rattrapée. Elle s'est mise à sangloter. En réglant les jumelles pour voir son visage de plus près, j'ai constaté qu'elle ne pleurait pas. Elle hoquetait plutôt, presque de rage. Didier avait l'air encore plus triste que d'habitude. Il ressemblait à un Christ. Un Christ en surpoids, certes, mais avec cette même expression d'abyssale désolation. Marie restait face au gazon, l'urne entre les mains. Didier s'est penché vers elle pour lui glisser un mot à l'oreille. Elle s'est crispée davantage, les yeux exorbités, puis a caché son visage de la main. Quand elle l'a ôtée, et qu'elle s'est mise à regarder droit devant elle, les yeux dans le vague, toujours immobile face au gazon, deux larmes ont roulé lentement sur son visage. Didier a posé sa main sur son épaule pour lui signifier qu'elle pouvait répandre les cendres. Elle a levé sa main en tremblant pour ouvrir l'urne, mais ses doigts sont restés crispés sur le couvercle. Didier s'est tourné vers elle. Elle ne bougeait pas. Finalement, elle a tourné la tête à son tour pour lui dire quelque chose, semblant s'excuser, puis elle est partie précipitamment, emportant l'urne avec elle. Elle s'est éloignée sur le petit chemin au milieu des tombes, et a fini par disparaître au loin. Didier est resté perplexe quelques secondes, les bras ballants. Il a eu un mouvement pour se tourner vers moi, mais il a semblé renoncer au dernier moment et s'est dirigé à son tour d'un pas lourd vers le crématorium.

J'ai reposé les jumelles sur le guéridon. Mon visage ruisselait de larmes. Je suis tombé à genoux, et je me suis mis à sangloter de joie en voyant défiler devant mes yeux ce qu'allait être la vie de Marie après ma disparation. Ce manque poignant qu'elle allait ressentir au quotidien pendant les premiers mois, ponctué d'atroces moments de détresse quand elle repasserait par les lieux, les cafés, bancs, squares et rues où nous avions vécu ; dans cette ville qui, sans moi, ne ressemblerait plus qu'à un décor en carton-pâte. Cette effroyable sensation de vide qui allait trouer sa vie. L'incurable mélancolie qui allait peu à peu la remplacer. Ce regard vague, qu'elle aurait en soirée au milieu des rires de ses amis. Et même, après quelques années, cette tristesse soudaine qui lui sauterait encore à la gorge, en pleine joie, et l'obligerait à aller s'isoler sur le balcon pour fumer une cigarette. Des garçons viendront la rejoindre, et chercheront à profiter de cette solitude pour essayer de l'entreprendre. Elle les enverra paître, sèchement.

— Pardon. J'avais cru que…
— Crois rien. Fous-moi la paix.

Pendant longtemps, les autres hommes lui paraîtront des

fantoches, de risibles parodies de moi, le seul homme qu'elle ait jamais vraiment aimé.

Puis, un jour, sur les conseils de ses amis, elle se laissera séduire. Le contact d'une autre bouche que la mienne lui semblera indécent. Leurs premiers rapports sexuels seront laborieux. Elle finira par s'habituer. Cependant, je serai toujours là, non seulement dans son cœur, mais aussi sous la forme de cette urne, trônant sur l'étagère, que ses amants ne pourront pas ne pas remarquer, tandis qu'ils seront allongés dans le lit en train de faire l'amour. Certains seront trop troublés par ce récipient représentant l'homme qu'elle avait aimé, cet homme qu'elle aimerait pour toujours, et en comparaison duquel ils ne seraient jamais rien que des pis-aller. Ne se sentant pas à la hauteur, ils finiront par s'affaler sur le côté.

— Qu'est-ce qu'il y a ?
— Je sais pas. Je t'assure, ça m'arrive jamais, d'habitude...
— Vous dites tous ça.

À terme, elle finira par retomber amoureuse. Dans les premiers temps de leur relation, elle se dira même guérie. Ils emménageront ensemble. Elle emportera l'urne avec elle, évidemment. Son nouveau compagnon l'emballera avec soin. Ils vivront quelques moments de plénitude. Au bout d'un certain temps, Marie posera un livre contre l'urne, pour ne plus l'avoir sans cesse devant les yeux.

Et puis, avec le temps, viendront les premières déceptions, les premières contrariétés. Les premières disputes. La vie, immanquablement, se mettra à polluer leur amour.

— T'as vraiment un caractère de merde…
— Je t'oblige à rien. Si t'es pas content, tu peux te casser.
— Je voulais pas dire ça, Marie…

Elle se rappellera alors la perfection de notre relation. Comment, entre nous, tout avait toujours été si facile, évident, sans la moindre tache. Et chaque homme qu'elle connaîtra ne fera que renforcer son amour pour moi.

Ils constateront son éternelle insatisfaction, sa déception, sa frustration de ne pas réussir à retrouver avec eux la plénitude qu'elle éprouvait avec moi. Ils seront jaloux.

— Je suis désolée, je suis un peu stressée en ce moment…
— Hum.
— T'as pas l'air de me croire…
— Si.

Mais ils l'accepteront, car ils n'auront pas le choix : on ne peut pas lutter contre un mort. Et peut-être même que, autour de l'année 2020, quand ils auront un enfant, ils consentiront à laisser Marie l'appeler François.

L'enfant grandira. Et malgré elle, à chaque fois que Marie dira son nom, elle pensera à moi. Elle attendra que l'enfant soit adulte, vers 2040, pour lui révéler l'histoire de son prénom. Pour lui dire qu'il était l'enfant de son père, mais aussi celui de cet amour qu'elle avait eu dans sa jeunesse, et qui était mort trop tôt. Il aura peut-être du mal à l'accepter au début, puis au fil des années il cherchera à en savoir plus, et posera des questions à sa mère. Elle lui parlera de moi, lui racontera notre histoire fulgurante, et son destin tragique. Peu à peu, il en viendra à me considérer comme son second père. Il y pensera sans doute à nouveau quand, en 2055, il deviendra père à son tour. Il en parlera à son fils, ou même peut-être à sa petite-fille quand, à plus de 80 ans, autour de 2100, elle viendra à l'adolescence lui demander conseil pour ses premières peines de cœur. Notre histoire avec Marie, son arrière-grand-mère, qu'elle n'aura pas connue, deviendra alors pour elle une légende, un mythe fondateur, qui marquera à jamais sa vision de l'amour. Et ainsi, quand son arrière-petite-fille rencontrera l'homme de sa vie en 2115, le sang de Marie présent dans ses veines sera encore chargé de son amour pour moi.

C'était vertigineux. Je n'avais jamais été aussi heureux.

Je commençais à avoir mal aux genoux. Je me suis relevé péniblement pour aller à la cuisine. Toutes ces émotions m'avaient donné faim. Il restait encore un peu des lentilles de la veille. Je les ai mangées à même la boîte, sans prendre la peine de les réchauffer. J'ai regardé par la fenêtre, en bas, dans la rue, la vie qui continuait. Malgré mon changement d'apparence, j'avais peur de sortir. Peut-être que Marie errait encore dans le quartier comme une âme en peine. Il valait mieux attendre le soir pour tester mon déguisement. De toute façon, j'étais épuisé. J'ai avalé un anxiolytique. Puis je me suis couché sur le canapé, où je me suis endormi aussitôt comme une masse.

# 5

QUAND JE ME SUIS RÉVEILLÉ, six ou sept heures plus tard, Didier était accroupi à mon chevet et m'observait avec inquiétude.

— Ça va ?

J'avais très bien dormi, je lui ai dit en m'étirant langoureusement que j'étais le plus heureux des hommes. Ma réponse a eu l'air de l'inquiéter davantage, mais il a posé avec bienveillance sa main sur mon épaule et s'est levé pour ouvrir la fenêtre. Il est resté un long moment à regarder le cimetière. J'ai compris qu'il y avait quelque chose qui n'allait pas.

— C'est à cause de ce matin ?

Il s'est tourné vers moi, les yeux dans le vague, et a hésité avant de répondre.

— Oui. C'était… dur.
— Tu veux qu'on en parle ?
— Non. Ce qui compte, c'est que tu ailles mieux.

Il a prononcé la phrase d'une voix lugubre, puis il est revenu s'asseoir à côté de moi devant la table basse pour se replonger dans son puzzle du poulbot. Il était temps d'aller tester mon déguisement, mais l'incurable tristesse de Didier qui était là à s'acharner sur son puzzle m'a fait de la peine. Je lui ai demandé s'il avait faim. Il m'a répondu sans lever les yeux.

— Non.

Je lui ai quand même fait réchauffer de la ratatouille et je me suis assis sur le canapé pour manger avec lui. Il a à peine touché à son assiette, restant concentré sur le visage du poulbot, dont il manquait toute la partie haute, ce qui donnait un air effrayant à ce sourire sans regard. Il a fini de lui-même par s'interrompre, et s'est affalé dans le canapé en regardant le plafond.

— Je me demande si quelqu'un a pleuré quand j'ai disparu. En croyant que j'étais mort. Je comprends pas en fait pourquoi personne a jamais rien fait pour me retrouver…

Je voyais aux larmes qui pointaient à ses yeux que l'épisode avec Marie ce matin avait réactivé cette ancienne douleur qu'il avait réussi jusque-là à garder enfouie. Je me suis senti coupable. Je l'ai pris dans mes bras et je lui ai répondu pour le consoler qu'à mon avis ses proches avaient forcément dû pleurer, comme Marie l'avait fait ce matin. Mais que si personne ne l'avait recherché, c'était que peut-être, comme le SDF dont il avait récupéré l'identité, il était issu de l'Assistance publique, avait été adopté par un couple mort prématurément après avoir abusé de lui, et que, en souffrance, il avait passé une vie d'errant à se prostituer dans des ports, ce qui expliquerait qu'il ait été retrouvé près d'un quai. Même si ce n'était que celui du canal de l'Ourcq, ça restait un quai, et c'était sans doute par nostalgie pour son passé de prostitué maritime qu'il s'était retrouvé à se promener à cet endroit au moment de son accident. Mais qu'il n'ait pas de famille n'avait aucune importance, puisque j'étais là. C'était moi, sa nouvelle famille. Didier a eu enfin un vrai sourire, attendri, puis il m'a dit que ce passé d'orphelin et de prostitué portuaire n'expliquait pas du tout pourquoi il n'avait pas de proches, et que personne, pas même un ami, ne s'était inquiété de sa disparition. Je lui ai répondu d'un ton fataliste.

— Les prostitués ont le cœur sec.

Didier a souri à nouveau, avant de hocher la tête avec résignation.

— C'est terrible ce que tu as dans la tête. Mais t'es gentil, au fond. Parfois.

Je me suis mis à rire car je voyais que j'avais réussi à lui faire prendre du recul. Je lui ai proposé de m'accompagner boire un verre dans le bar où j'avais fait quelques extras ces dernières semaines, pour vérifier si on me reconnaissait sous ma nouvelle apparence. Il m'a regardé avec étonnement, car c'est vrai qu'on se voyait principalement chez lui, chez moi, ou au cimetière quand j'allais lui rendre visite, et que cela faisait longtemps qu'on ne sortait plus tous les deux. Mais il a accepté en haussant les épaules.

J'ai revêtu mon long manteau de feutre noir clouté puis nous sommes sortis. Nous avons trouvé deux vélibs à côté de la mairie du 20e et nous avons descendu l'avenue Gambetta en roue libre, afin de quitter au plus vite ce quartier qui était trop proche de mon ancien appartement. J'ai laissé les pans de mon manteau voler au vent. Je me sentais immensément libre.

Quand nous avons mis pied à terre, près du croisement de l'avenue de la République et de la rue Saint-Maur, et que nous nous sommes mis à marcher pour rejoindre le bar de Martial, mon ancien patron, j'ai vu que Didier regardait mon costume à la dérobée. Il paraissait toujours inquiet, mais aussi comme peiné, et effectivement plus nous approchions du bar, plus j'avais peur qu'en fait mon déguisement ne trompe personne. Et que, la mort dans l'âme, je finisse par être obligé de recourir à la chirurgie esthétique. Ou, pire, de quitter Paris et d'aller vivre en région.

Le bar de Martial, l'*Ivan le Terrible*, était situé dans une petite rue perpendiculaire à la rue Oberkampf, mais il était loin d'être aussi prisé que les autres bars du quartier. Martial avait voulu ouvrir un bar dédié aux vodkas russes et polonaises, dont il était un fin connaisseur, mais il le laissait vivoter. Il avait le sens de la vodka, pas celui du commerce, et beaucoup se demandaient pourquoi il avait ouvert un bar au lieu de se contenter de devenir alcoolique. De fait, son bar, qui avait ouvert depuis peu, était fréquenté principalement par les patrons des autres établissements du quartier, quelques ingénieurs célibataires, une poignée d'alcooliques timides, et beaucoup plus rarement par des petits groupes de jeunes n'ayant pas trouvé de place ailleurs. Il gérait le bar tout seul. Il n'embauchait des barmans en extra que les soirs de week-end. C'est comme cela qu'il avait eu recours à moi pendant plusieurs semaines, et je connaissais bien les clients.

Ce soir-là, l'*Ivan le Terrible* était anormalement bondé. J'ai reconnu tout de suite Frédéric, Ludo et Étienne, les habitués, mais il y avait aussi une colonie slave attirée visiblement par l'enseigne et le grand choix de vodkas. Faisant fi de ma peur, je me suis dirigé vers le comptoir pour tester Martial. Celui-ci était en train de sortir un panier de verres propres du lave-vaisselle. Quand il a croisé mon regard, il s'est contenté de relever brusquement la tête d'un mouvement sec pour me demander ce que je voulais boire. Je lui ai dit Deux pintes, il m'a dit Ça marche. Il a posé nos verres sur le comptoir. J'ai fait mine d'avoir du mal à trouver mon portefeuille pour qu'il puisse m'observer le plus longtemps possible, mais quand j'ai fini par lui tendre l'argent, il l'a pris sans me faire la moindre remarque. Mon cœur s'est mis à battre d'excitation. J'ai essayé d'engager la conversation avec lui, en veillant toutefois à rendre ma voix un peu plus grave. Il m'a répondu cordialement. J'ai regardé Didier : ça marchait.

Nous avons trinqué et j'ai vidé ma bière en quelques gorgées, avant de poursuivre le test avec les habitués du lieu. Aucun ne m'a reconnu. J'ai commandé une deuxième pinte. Didier me suivait sans enthousiasme. Il n'aimait pas beaucoup sortir, et observait mon manège avec tristesse. Quant à moi, j'avais le vertige. C'était grisant de pouvoir évoluer parmi la foule sans être reconnu par aucune des personnes avec qui j'avais pourtant passé plusieurs soirées face à face, à leur servir des verres. Cela confirmait ma théorie, qui était à la base de mon projet, selon laquelle dans la personne humaine, le visage n'a aucune importance. Ce n'est pas lui qu'on regarde. Pas lui qu'on aime, qu'on déteste, qu'on reconnaît ou qu'on oublie. La seule chose qui compte, c'est tout ce qu'il y a autour : les cheveux, la barbe, les vêtements, les accessoires, le corps – sa maigreur ou son surpoids –, le son de la voix. Tout, mais pas le visage. C'est absurde de mettre une photographie du visage sur les pièces d'identité. C'est tout le reste qui définit une personne. Faites perdre 70 kilos à un obèse, mettez-lui un costume à la place d'un survêtement, enlevez-lui ses lunettes, laissez pousser sa barbe : même sa femme ne le reconnaîtra pas. J'en avais la preuve maintenant. Mais mes discours n'égayaient pas Didier, qui continuait à m'écouter avec affliction.

J'ai pris une autre pinte. Je me suis mis à parler à tout le monde. Je riais. Didier, lui, restait au comptoir, à m'observer comme la tombe regarde le pot de fleurs. Mais ce n'était pas parce qu'il souffrait que je ne pouvais pas m'amuser un peu. J'ai fini par me lier de sympathie avec un petit groupe de Polonaises en goguette, qui semblaient très amusées par mon accoutrement. Ce n'était qu'un prétexte à fleureter évidemment, et quand nous sommes retournés passer commande au comptoir, je me suis écarté un instant pour rejoindre Didier qui était juste à côté. Je lui ai dit à l'oreille que mon costume semblait beaucoup plaire aux Polonaises. Je lui ai montré les trois filles qui étaient un mètre plus loin, en train d'attendre leur pinte et qui parlaient polonais au milieu des rires étouffés en regardant dans ma direction. Il les a observées un instant, puis il m'a répondu avec lassitude que c'était exactement le contraire : la grande blonde avait dit à la petite brune que je ressemblais à un corbeau avec une tête de cul, la petite brune avait ajouté Un cul poilu avec son bouc, et la troisième avait dit C'est clair. J'ai commencé par me vexer, puis je me suis tourné vers Didier, éberlué.

— Tu comprends le polonais, toi ?

Il a alors seulement réalisé ce qui venait de se passer. Il a eu l'air horrifié.

— Je sais pas… Mais j'ai compris ce qu'elles disaient.
— Tu te fous de ma gueule ?
— Non. Elles ont dit ça. Je crois…

Il blêmissait à vue d'œil. Les filles, elles, continuaient à jacasser en attendant leur verre. J'ai voulu vérifier qu'il ne se moquait pas de moi.

— Et là, elles disent quoi ?

Il s'est passé la langue sur les lèvres puis il a baissé la tête en plissant les yeux.

— La petite brune explique qu'elle a son soutien-gorge qui la serre. Elle dit qu'elle croit qu'elle a pris des seins. Elle se demande si elle est pas tombée enceinte de Janek. La grande blonde lui répond que son Janek est un bande-mou et qu'il faut qu'elle arrête de se monter la tête, que si elle a pris des seins, c'est juste parce qu'elle picole trop de bière. Elle a qu'à regarder son ventre : on dirait un sac de patates. L'autre dit Connasse.

Didier m'avait parlé d'un seul souffle, sans s'arrêter, puis quand il a relevé la tête il a planté son regard dans le mien. Il était effaré. J'ai voulu en avoir le cœur net et je suis allé voir la petite brune.

— C'est vrai que Janek est un bande-mou ?

La fille a ouvert grand la bouche de stupeur, puis elle m'a giflé, avant de se mettre à rire avec ses copines.

— Mais tu parles polonais, toi ? C'est pas bien d'écouter…
— Non, c'est pas moi, c'est Did…

J'ai voulu leur montrer Didier derrière moi, mais il avait disparu. Je suis sorti sur le trottoir, et j'ai vu Didier qui s'éloignait vers la rue Oberkampf. J'ai crié son nom plusieurs fois, mais il ne m'entendait pas. J'ai renoncé à lui courir après. Il avait sans doute besoin d'être seul.

— François ?

Je me suis figé sur place, faisant mine de continuer à regarder au loin. On m'a appelé à nouveau. Quand on m'a touché le bras, je me suis retourné : c'était Martial.

— T'es pas François ?

J'ai froncé les sourcils, puis j'ai répondu d'une voix plus grave.

— Non.

Il s'est excusé. Quand il m'avait entendu crier, il avait cru reconnaître la voix d'un barman qui avait travaillé pour lui, et dont on était sans nouvelles. Sa copine était venue le voir il y a deux jours. Le type ne répondait plus au téléphone, ils s'inquiétaient. Il m'a regardé attentivement, puis il m'a dit qu'il n'avait pas remarqué au début, mais que maintenant il était frappé par la ressemblance. Il a balbutié, troublé, en continuant à me dévisager, puis il m'a dit que je n'avais pas réglé mon dernier verre.

— Pardon.

Je lui ai donné la somme. Il m'a demandé si je voulais boire autre chose. Je lui ai dit non. Il fallait que je rentre. J'ai relevé le col de mon manteau, et je me suis éloigné sur la rue en rasant les murs. J'allais devoir éviter le quartier.

# 6

J'AI MARCHÉ COMME UN RAT DANS LA NUIT jusqu'à mon nouvel appartement de la rue Buzenval. Je n'étais encore jamais venu dans cette partie du quartier de Nation. Je me suis rendu compte que l'interminable rue des Pyrénées, où je dormais avec Marie dans mon ancien appartement il y a encore trois jours, était toute proche. Après avoir pris sa source deux kilomètres plus loin sur les hauteurs de Belleville, elle se jetait ici, à deux rues de chez moi, dans le cours de Vincennes. J'étais passé de la source à l'embouchure. Heureusement, Marie habitait à Montparnasse. J'étais en sécurité.

En arrivant devant mon nouveau domicile, j'ai constaté que Jean-Luc et Nathalie ne m'avaient pas menti : l'immeuble était complètement délabré. Devant la façade grisâtre et craquelée s'élevaient des échafaudages crasseux, recouverts d'une bâche qui flottait misérablement au vent. C'était parfait. Ainsi, même à ma fenêtre, personne ne pourrait me voir. J'ai emprunté l'escalier aux murs gorgés d'humidité, dont le papier se décollait sur la moitié de sa longueur, puis une fois parvenu au dernier étage, j'ai dû enjamber les gravats que les ouvriers avaient pris la liberté d'entreposer sur le palier. Mon appartement était vide, bien sûr. Demain, Didier était censé aller chez moi chercher mon ordinateur ainsi qu'un peu de linge, mais j'allais devoir faire quelques courses pour m'installer. Je n'ai pas pris la peine de visiter, et je me suis allongé sur la moquette, avec en guise d'oreiller mon long manteau, roulé en boule pour ne pas me blesser avec les clous.

Comme prévu, j'ai été réveillé quelques heures plus tard par un vacarme insoutenable. Marteaux-piqueurs, meuleuses, scies circulaires, le chantier réunissait à peu près tous les travaux les plus bruyants qui puissent exister et, pour parachever le tout, un ouvrier devant ma fenêtre s'acharnait à coups de marteau sur une barre métallique. Je me suis levé cependant avec le sourire, car c'est un sentiment inouï de se réveiller le matin en sachant qu'on est aimé, et qu'on le sera à jamais. Au milieu de tout ce tintamarre j'étais le plus heureux des hommes. Plus jamais je n'éprouverais cette pression d'avoir à trouver l'amour. Cette quête perpétuelle, étouffante, et la pesante frustration qui en découlait. Ni, surtout, cette peur constante d'être quitté. Que tout s'arrête. Sans parler de la lutte quotidienne du couple contre l'érosion du sentiment. Tout cela, désormais, me serait épargné. La plupart des gens déçus par l'amour y renoncent. C'est très triste, et surtout terriblement vain, car ils finissent toujours, un jour ou l'autre, par se faire rattraper. Moi, j'avais trouvé la solution. J'étais un génie.

Je suis allé à la salle de bains passer de l'eau sur mon visage, et je me suis observé dans la glace : avec ce crâne lisse comme un œuf, ces poils autour de la bouche et cette chemise noire boutonnée jusqu'au cou, j'étais vraiment quelqu'un d'autre. Cet amour éternel que j'avais gagné m'avait transformé. J'étais certes considérablement enlaidi, mais comme me l'avait montré l'épisode hier avec les Polonaises, j'avais l'impression paradoxale d'être beaucoup plus attirant. C'était sans doute parce que j'étais aimé. Tout le monde en a fait l'expérience : c'est seulement quand, après des mois de célibat désespérant, on sort de l'appartement d'une fille avec qui on vient de passer la nuit, que d'un seul coup dans la rue toutes les filles semblent nous regarder. On crie à l'injustice, on peste contre l'ironie du sort, qui fait survenir toutes ces possibilités au moment même où on vient de rencontrer quelqu'un. Mais ce n'est pas le sort, c'est une règle de la nature : un homme aimé et heureux dégage des substances chimiques invisibles qui le rendent plus attirant. Ma vie s'annonçait décidément merveilleuse.

Je suis sorti tout de suite faire l'acquisition de bouchons d'oreille, d'une grande carte de Paris, d'un matelas, une chaise, deux tréteaux et un peu de vaisselle. À mon retour chez moi, j'ai enfilé les bouchons d'oreille et j'ai accroché au mur la carte de Paris, sur laquelle j'ai entouré au marqueur les zones que j'allais devoir éviter : Montparnasse évidemment, où habitait

Marie; mon ancien appartement de la rue des Pyrénées à Ménilmontant, où elle pourrait être tentée de revenir par nostalgie; le bar de la rue Mouffetard où je travaillais il y a six mois, dans lequel nous nous étions rencontrés; le quartier de la Sorbonne où elle étudiait; et, bien sûr, la rue Oberkampf, où Martial avait cru me reconnaître. Je ne pourrais plus travailler comme barman, j'en avais conscience. J'allais devoir reprendre mon travail de pigiste pour *Le Parisien*, que j'avais exercé quelques mois à ma sortie de l'hôpital. J'avais évoqué à Marie ce passé de pigiste, mais je ne lui avais jamais précisé pour quel journal j'avais travaillé. Et comme mes articles n'étaient pas signés, elle ne pourrait pas me retrouver. De plus, je pourrais ainsi travailler depuis chez moi, et limiter les risques de la rencontrer.

J'ai observé ma pièce, avec le matelas posé à même le sol, face aux deux tréteaux et à la chaise. De la fenêtre aux rideaux fermés me parvenaient assourdis par les bouchons d'oreille les coups de marteau réguliers que l'ouvrier continuait à donner contre une barre métallique, alors même que la plupart de ses collègues, sentant venir la fin de journée, avaient réduit leur activité. Cette nouvelle vie allait être difficile, exigeante. C'était un défi. Mais il en valait la peine. Il ne me restait plus qu'à dégoter une vieille planche à poser sur mes tréteaux pour me faire un bureau. Comme il me restait un peu de temps avant le rendez-vous avec Didier, je suis parti en direction du boulevard de Charonne essayer de trouver mon bonheur parmi les encombrants.

Une fois dans la rue, la vie m'apparaissait étonnamment calme en comparaison du vacarme qui régnait dans mon immeuble. Je marchais comme sur un nuage, enveloppé dans mon grand manteau noir dont les pans battaient mes flancs. Je fendais la foule sans attirer l'attention. C'étaient les Polonaises qui avaient raison : j'étais un corbeau. Une grande chose noire que tout le monde voit, mais que personne ne regarde. Ce n'est qu'en arrivant au niveau du carrefour de Philippe-Auguste, après avoir manqué me faire écraser par une voiture, que j'ai réalisé que j'avais oublié d'ôter mes bouchons d'oreille. En fait, la ville était à peu près aussi bruyante que mon appartement. Je me suis empressé de remettre mes bouchons d'oreille, et j'ai poursuivi ma route en direction de Voltaire, où j'ai fini par trouver une grande armoire avachie au pied d'un immeuble. J'ai démembré le meuble à coups de pied, et j'en ai récupéré un flanc, qui serait parfait pour mon bureau. Il me restait moins d'une heure avant mon rendez-vous avec Didier, je n'avais guère le temps de repasser par chez moi. J'ai remonté la rue de la Roquette en direction du cimetière du Père-Lachaise en tenant la planche à bras-le-corps.

La chose était pénible à porter. Je me suis arrêté un instant pour faire une pause, quelques mètres après les deux bars situés à l'angle avec la rue de la Folie-Regnault. J'étais en train d'hésiter à m'installer en terrasse pour boire une bière, quand soudain j'ai vu Didier sortir de *La Bonne Franquette*. Il avait l'air très nerveux. Il a croisé mon regard et s'est affolé. Il m'a fait comprendre qu'il fallait que je déguerpisse. J'ai compris ce qu'il voulait dire quand un instant plus tard j'ai vu Marie sortir du bar à son tour. Elle cherchait quelque chose dans son sac et ne me voyait pas, mais je ne pouvais pas aller bien loin avec ma planche, aussi en désespoir de cause je l'ai dressée devant moi comme un paravent. Je me suis contenté de me coller contre le mur de l'immeuble, et j'ai observé la scène à travers les petits trous qui avaient été aménagés dans le bois pour recevoir les étagères. Mon champ de vision était limité, j'ai vu seulement comment Marie, prenant visiblement congé de Didier, s'était blottie dans ses bras, et la gêne de Didier qui, ne sachant pas quoi faire des cinquante kilos qu'il tenait contre lui, ressemblait à une vache couvant un chat. Marie, que je ne voyais que de dos, a fini par se détacher de lui, et s'est éloignée sur la rue de la Roquette, en descendant vers Voltaire. Nous avons attendu qu'elle ait complètement disparu dans la foule, puis Didier est venu me rejoindre derrière la planche.

— Qu'est-ce qui s'est passé ?

Didier haletait, et continuait à jeter des regards au-delà de la planche pour vérifier que Marie était bien partie.

— Elle est venue me voir au cimetière. Elle avait… besoin de parler. J'ai pas pu faire autrement.
— Elle m'a pas vu ?
— Non, non, t'inquiète pas. On voyait que la planche.

Il valait mieux ne pas s'attarder ici trop longtemps. Nous avons remonté l'avenue Gambetta pour rejoindre son appartement de la rue des Rondeaux, en tenant chacun la planche par un bout. C'était difficile de discuter dans ces conditions, nous avons attendu d'être arrivés chez lui pour qu'il me dise ce qui s'était passé. Il avait l'air encore agité. Il regardait dans tous les coins de la pièce en cherchant ses mots. Je lui ai donné une bière, et il a fini par reprendre ses esprits. Il m'a expliqué qu'elle était venue le voir alors qu'il était parmi ses collègues, c'était gênant mais il avait réussi à donner le change en leur faisant croire que c'était sa petite amie.

— Et ils t'ont cru ?
— Je sais pas.

C'était mon demi-frère, mais il était gonflé.

— Et qu'est-ce qu'elle voulait ? Elle se doute de quelque chose ?

Didier a pris son inspiration.

— Non. Elle est… encore sous le choc. Elle arrive pas à s'y faire. Elle réalise pas.
— Elle souffre ?
— Oui, c'est ça.

J'étais soulagé.

— Et elle voulait parler de quoi ?
— À ton avis ? De toi.

Il m'a dit que, face au vide dans lequel la laissait ma brutale disparition, elle avait ressenti le besoin de voir quelqu'un qui me connaissait. Avec qui elle pouvait parler de moi. Je ne lui avais jamais présenté personne d'autre.

— Et tu lui as dit quoi ?
— Ben que c'était la vérité : t'avais personne d'autre.
— Non ! Je voulais dire de quoi vous avez parlé ?

Il m'a regardé à nouveau avec tristesse, et m'a dit d'une voix hésitante que pour elle ma mort était un cataclysme. Que j'étais l'homme de sa vie, et qu'elle avait eu si peu le temps de me connaître. Elle lui avait demandé de lui parler de moi. De ce qu'il savait de moi, de ce que nous avions vécu.

— Et tu lui as dit quoi ?

— Pas grand-chose. Qu'est-ce que tu voulais que je lui dise… Tu travailles pas non plus pour Médecins sans frontières. Depuis que je te connais, à part écrire tes piges pour *Le Parisien* toute la journée enfermé chez toi à picoler, puis bosser dans des bars pour boire à l'œil, je t'ai pas vu faire grand-chose. Avant au moins, t'écrivais des romans, t'inventais quelque chose.
— Tu lui as dit que j'avais écrit des romans ?
— Oui… Tu lui avais jamais dit ?
— Bien sûr que non ! Imbécile !

Didier était embarrassé.

— Mais je sais même plus ce que je lui ai dit…

J'ai froncé les sourcils.

— Tu lui as dit ou tu lui as pas dit ?
— J'sais pas… Je crois.

J'étais hors de moi. Cette histoire de romans, c'était du passé. Je n'avais jamais voulu lui en parler. J'avais tiré un trait sur tout ça depuis mon accident cardiaque. Ce n'était pas maintenant que j'étais mort qu'elle devait l'apprendre. Et puis ça lui donnait un moyen de remonter jusqu'à moi.

— T'as vraiment pas envie de te remettre à écrire ?

— Ben maintenant c'est sûr que je peux plus…

Il a compris qu'il avait commis une erreur et il s'est excusé, en essayant en même temps de me faire croire à nouveau qu'il ne lui en avait peut-être pas parlé. J'étais déçu. Didier n'était pas aussi fiable que je l'avais cru. Mais le plus grave, c'était qu'il ait mentionné mon travail au *Parisien*. Les femmes sont folles. Elles sont capables de tout quand elles sont amoureuses, et Marie serait forcément tentée d'aller fouiner là-bas, comme elle l'avait fait en allant voir Didier. Je ne pourrais donc plus travailler pour eux. J'ai repoussé ma bière avec irritation, et j'ai vu alors le journal qui était sur la table. Il n'était pas en français.

— Qu'est-ce que c'est que ça ?
— C'est un journal polonais. Je voulais vérifier…
— Et alors ?

Didier a soupiré.

— Je comprends tout… Pas tous les mots, mais globalement je comprends. C'est horrible.
— Ça veut dire que t'es Polonais ?
— Oui.

J'ai fait de mon mieux pour le réconforter, et je lui ai dit qu'il avait déjà survécu à un accident mortel et à une amnésie. Il avait même peut-être été prostitué. J'étais sûr qu'il pouvait réussir à surmonter ça aussi. Didier a eu un sourire triste.

— Je m'en fous d'être polonais ou malgache. C'est juste que c'est une piste.
— Une piste vers quoi ?

Il a eu l'air étonné.

— Vers mon identité. Vers qui je suis.

Tout cela commençait à m'exaspérer, et je lui ai répété que ça ne servait à rien de chercher qui il était. De toute façon, à mon avis, tel que je le connaissais, s'il n'était pas prostitué, il ne pouvait avoir été qu'un sous-fifre, un employé obscur, et un peu obsessionnel, quand on voyait l'intelligence maniaco-compulsive qu'il mettait dans sa pratique du puzzle. J'allais même plus loin : à l'heure actuelle, il pouvait encore rêver qu'il avait été ingénieur dans sa vie passée. Quand il découvrirait qu'il n'avait jamais été rien d'autre que ce qu'il est actuellement, il le vivrait mal. Et il n'avait surtout aucune chance de trouver quoi que ce soit. Des Polonais, il y en avait partout. Ces recherches étaient aussi vaines que sa pratique du puzzle. Ça ne mènerait à rien. Il m'a demandé si j'en connaissais.

— De quoi ?

— Des Polonais.

Il n'avait rien compris. Ça m'a fait de la peine. Cet homme n'était pas fait pour la joie ; il serait malheureux toute sa vie. Est-ce que j'y pouvais quelque chose ? J'en doutais. J'ai fini ma bière avec mélancolie, puis j'ai enfilé mon sac à dos. Il m'a demandé si j'avais besoin d'aide pour la planche. Je lui ai dit non. Je me débrouillerais.

## 7

J'ALLAIS DONC DEVOIR COMMENCER cette nouvelle vie sans Didier. Il ne s'était pas montré fiable. Il était fort probable aussi que Marie chercherait à nouveau à entrer en contact avec lui. Une fois rentré chez moi, j'ai pris mon marqueur, et j'ai entouré le quartier du Père-Lachaise sur ma carte de Paris.

Je ne savais pas comment j'allais faire pour gagner de l'argent. Je n'avais pas besoin de grosses sommes, puisque le RSA cumulé avec les APL me permettait de payer mon loyer, et me laissait même 200 euros pour chaque mois. C'était suffisant pour payer mes factures et m'assurer une alimentation minimale dans les supermarchés discount, mais cela interdisait toute fantaisie, comme de pouvoir s'offrir de temps en temps un pain au chocolat ou un verre en terrasse. Travailler en extra comme barman ou rédiger quelques piges m'avait permis jusque-là de me fournir les 200-300 euros supplémentaires dont j'avais besoin pour mener une vie correcte dans une grande ville. Mais la bourde de Didier m'empêchait de relancer *Le Parisien*, et si je ne voulais pas risquer de croiser Marie, je ne pouvais plus travailler à un poste aussi exposé que celui de barman. J'allais devoir inventer quelque chose.

J'ai passé plusieurs jours à fouiller les offres de Pôle emploi, mais il y avait très peu de choses, et surtout des métiers qui me mettaient en contact avec des gens, ce que je devais éviter le plus possible. Le temps passait. L'été approchait, et mes économies s'épuisaient. Je maigrissais. Autant par manque de ressources que par manque d'appétit, car à vrai dire Marie me manquait. J'avais beau être désormais assuré de son amour éternel, j'avais perdu avec sa compagnie une part importante de ce qui constituait mon bonheur concret. C'était sans doute le prix à payer.

Pendant la journée, je restais enfermé seul dans mon petit studio du dernier étage, à envoyer des mails aux magazines, blogs, et sites web à la recherche de rédacteurs, au milieu du vacarme des travaux qu'assourdissaient vaguement les bouchons d'oreille que je gardais en permanence, dans une pénombre presque constante à cause de la bâche qui recouvrait les échafaudages. Je ne sortais qu'à la nuit, dans mon grand manteau noir, arpentant les tristes tréfonds du 12ᵉ arrondissement, pour respirer un peu d'air frais.

Et puis, en nettoyant ma boîte mail, je suis tombé sur un vieux message collectif envoyé quelques semaines avant ma mort par une ancienne collègue du *Parisien*, Eugénie, qui m'avait gardé dans sa liste de contacts. Elle faisait suivre un appel à pigistes pour *Cotillon*, un magazine gratuit qui décrivait l'actualité des bars, restaurants et autres lieux de sortie parisiens. Je me suis créé une nouvelle adresse au nom de François-Didier Jacques et je les ai contactés en me recommandant d'Eugénie. J'avais peu d'espoir, et on m'a répondu qu'effectivement tous leurs postes avaient depuis été pourvus, mais que suite à une défection, ils avaient besoin de quelqu'un pour un article qui devait être rédigé le lendemain. Le travail consistait à se rendre dans le bar pour discuter avec le patron, qui décrirait son projet, les spécificités du lieu, et rédiger ensuite un article promotionnel. C'était le patron qui payait pour obtenir l'article. Le but n'était pas de donner son opinion, mais de donner envie aux lecteurs de venir fréquenter le lieu. On me prévenait que ce n'était pas une tâche facile, car le bar n'avait rien d'exceptionnel. Mais c'était tout ce qu'ils pouvaient me proposer.

La formule n'était pas idéale, puisque j'allais devoir être en contact physique avec d'autres êtres humains, mais le rendez-vous était en milieu d'après-midi, à une période de basse fréquentation, et il ne durerait qu'une demi-heure tout au plus. En outre, les trous dans les lobes de mes oreilles avaient cicatrisé, et j'avais pu y enfiler les grands anneaux d'ivoire achetés à Châtelet. Mon bouc s'était par ailleurs considérablement épaissi, et comme j'avais perdu entre cinq et dix kilos, mon visage s'était creusé, mes pommettes saillaient. J'étais encore plus méconnaissable que le jour de ma mort.

En arrivant devant le bar, situé vers la rue des Martyrs, j'ai compris ce qu'avait voulu dire le type de *Cotillon* quand il m'avait dit que ce ne serait pas facile. Une enseigne provisoire en plastique blanc au-dessus de l'entrée indiquant NEWTONN BAR laissait imaginer une sorte de pub, mais la décoration intérieure était plutôt un mélange de PMU, de salon témoin Ikea et de cantine de collège. Le sol était recouvert de grands carrelages blancs, les murs ripolinés étaient parsemés de vues de New York achetées visiblement au supermarché, et la salle remplie de tables en mélaminé crème, entourées de chaises à l'armature métallique jaune, verte, rouge ou fuchsia. Deux adolescents étaient avachis derrière le comptoir, absorbés par leur téléphone portable, et le patron, un homme robuste et dégarni d'une cinquantaine d'années, vêtu d'une chemise à carreaux, était assis seul au milieu de la salle en train de faire des mots croisés. J'ai enlevé mes bouchons d'oreille et je suis entré, mais aucun des trois n'a relevé ma présence. Ce n'est que quand je me suis planté devant la table, lui cachant la lumière, que le patron m'a remarqué. Il m'a alors accueilli d'un sourire mou en me tendant une main moite.

— Guy.
— François.

Il m'a fait visiter les lieux, notamment l'arrière-salle, où il faisait beaucoup plus sombre, et il m'a dit qu'il avait enlevé sciemment deux ampoules car dans cette partie du bar les murs n'avaient pas été totalement repeints. L'entreprise qu'il avait contactée pour donner un coup de neuf avait mis la clé sous la porte avant d'avoir fini les travaux. Certaines parties en effet n'avaient reçu qu'une seule couche, d'autres aucune, et tout un pan du mur un peu plus loin était même à nu, le plâtre crasseux et écaillé laissant apparaître çà et là les briques qu'il était censé recouvrir.

— C'est là que mon père avait mis les frigos.

Nous nous sommes installés à une table bancale et le type m'a expliqué qu'il avait repris le bar de son père, qui était parti prendre sa retraite en Belgique. Lui avait passé sa vie à travailler aux impôts et n'y connaissait rien en bistros, mais son père ne voulait pas vendre, et tenait à ce qu'un de ses fils reprenne le bar, promettant d'en laisser la propriété à celui qui s'y engagerait. Comme son frère tenait une casse automobile à Béthune et n'avait aucune envie de venir à Paris, alors que lui travaillait à Créteil, il s'était dévoué. Mais il ne le faisait pas de gaieté de cœur. Et surtout il était dépassé. Comme la rénovation incomplète avait malgré tout englouti la totalité de ses économies, il avait dû récupérer un stock de tables et chaises d'un CDI à l'Emmaüs du Blanc-Mesnil. Il n'avait pas non plus de quoi embaucher du personnel, et avait dû faire appel à ses enfants, Mickaël et Jessica. Le garçon, en échec scolaire, végétait dans un LEP. Quant à Jessica, qui venait d'avoir 18 ans, elle suivait une formation en graphisme mais séchait les cours et passait tout son temps à fumer des joints en écoutant de la musique. Les deux non plus n'y connaissaient rien. Il avait essayé de mettre en place une carte avec des cocktails, mais Mickaël n'arrivait jamais à se souvenir de la composition des boissons et mélangeait tout. L'ambiance musicale aussi posait problème. Le père aimait les variétés, Mickaël n'écoutait que du rap, et sa fille, qui se prenait pour une artiste, ne supportait que le jazz. Ils n'arrivaient pas à se mettre d'accord, chacun mettait ses chansons à tour de rôle. C'était un désastre. Depuis qu'ils avaient ouvert, il y a trois mois, ils n'avaient pas dû recevoir plus qu'une douzaine de clients, la plupart des touristes, venus prendre un café pour pouvoir utiliser les toilettes. Un commerçant du quartier lui avait alors conseillé de faire appel à *Cotillon*. Ceux-ci avaient déjà fait venir plusieurs pigistes. Mais tous avaient renoncé. J'étais son dernier espoir : autrement, il allait devoir finir par revendre, son père ne lui pardonnerait jamais, et ses enfants, repartis dans la nature, se remettraient à faire n'importe quoi.

Je lui ai dit de ne pas s'inquiéter. J'étais un spécialiste du monde de la nuit et j'avais travaillé dans la pub : en deux coups de cuiller à pot, j'allais faire de son troquet le bar à la mode de Pigalle. Il m'a souri fébrilement et m'a demandé si je voulais boire quelque chose. Nous

nous sommes dirigés vers le comptoir. Mickaël, les yeux mi-clos et la bouche entrouverte, était en train de jouer au solitaire sur son portable. Il a bâillé quand je lui ai passé ma commande.

— Un Cosmo.
— Un quoi ?
— Un Cosmopolitan. C'est là-bas, entre Black Russian et Mojito.

Je lui ai montré la carte des consommations au-dessus du bar, et il a consulté rapidement la petite fiche qu'il avait sous le comptoir, où était notée la composition des différents cocktails. Je l'ai observé sans rien dire verser la vodka, la liqueur de café, le triple-sec et le jus de cranberry, et il m'a tendu le verre en rajoutant au dernier moment deux cubes de citron vert et quelques feuilles de menthe.

— Tu peux mélanger ?
— Pardon.

Il a plongé une cuillère à soupe pour touiller et j'ai goûté au breuvage. C'était étonnamment très bon, et j'ai pris tout de suite un papier pour noter le détail de sa recette personnelle, puis je le lui ai donné.

— Tiens. Je t'ai tout remis au propre.

J'ai commandé ensuite un Mojito qu'il m'a composé à partir de la recette du Bloody Mary et de la Piña Colada, et j'étais éberlué. C'était bien meilleur. Le type et son fils ne savaient pas quoi penser de mes éloges, mais je voyais que ça leur faisait plaisir. J'ai noté ses recettes à chaque fois, et au bout de quelques verres la tête a commencé à me tourner. Jessica entre-temps en avait eu assez de Sylvie Vartan que Mickaël avait interrompu avec du Dr. Dre. Elle a lancé un morceau de Charles Mingus.

— Très bon choix. J'adore le jazz.

Jessica a souri et je me suis mis à observer les photos multicolores de ponts de New York, des taxis jaunes et autres éphèbes torse nu tenant un bébé dans les bras. J'ai demandé à Jessica si elle aimait bien.

— C'est à chier. C'est tellement nul, il vaudrait mieux les mettre à l'envers.

Les cocktails de Mickaël m'avaient mis de belle humeur, et je lui ai répondu que c'était une riche idée. J'ai demandé l'autorisation au patron, puis nous avons entrepris avec Jessica de mettre les illustrations à l'envers.

— C'est trop cool !

Son père avait l'air mitigé, mais je lui ai dit de me faire confiance. Tout venait de se mettre en place dans ma tête. J'ai dit à Mickaël de jeter son ancienne fiche et de suivre à la lettre toutes les recettes que je lui avais renotées au propre, à son père de remettre les ampoules dans l'arrière-salle, mais de ne toucher ni aux murs ni aux illustrations, à Jessica de continuer à mettre du jazz mais de laisser son père et son frère mettre de la variété et du rap, puis je leur ai demandé s'ils avaient un marqueur et un escabeau. Guy est allé chercher tout ça dans son réduit, nous avons décroché l'enseigne en plastique pour la poser sur les tables de la salle et j'ai inscrit LA TÊTE À L'ENVERS sur l'autre face. Nous l'avons raccrochée au-dessus de l'entrée, et je suis rentré chez moi en rasant les murs pour écrire mon article. Le tintamarre des travaux dans mon appartement était assourdissant, j'ai remis mes bouchons d'oreille, ouvert mon ordinateur, et une demi-heure plus tard j'avais fini :

*CECI N'EST PAS UN BAR :*
*UN VENT FRAIS SUR LE MONDE DE LA NUIT*

*À quelques encablures du Moulin rouge en carton-pâte et de ses touristes à banane, un nouvel établissement impertinent et décalé vient d'ouvrir ses portes :* La Tête à l'envers. *S'inspirant du surréalisme de sa Belgique natale et du monde de la contre-culture dans lequel il a été bercé, Guy (prononcez*

*« Guaï » – il a passé sa jeunesse dans les squats d'artistes de Brooklyn) a conçu un bar à cocktails au décor atypique, qui nous propose un miroir-musée renversant de notre culture toc.*
*Renversant au sens propre, puisque les photos et posters qui ornent les murs de son établissement, rassemblant tous les clichés de notre culture visuelle Ikea-pop (Times Square en mode stroboscope à couleurs, Marilyn Monroe en pin-up et autres joues gonflées du vieux Armstrong) sont accrochés… la tête en bas.*
*Fadasse à dessein, l'aménagement intérieur douzième degré en gros carrelage façon fast-food, et ses tables de CDI récupérées de chez* Hélène et les garçons *n'est là que pour mieux préparer à la critique malicieuse de notre monde ripoliné, qu'on découvre en arrière-salle, où de mètre en mètre les couches de peinture s'effacent les unes après les autres, pour nous dévoiler* in fine *le mur de brique brut et nu qui se cache derrière tout ce fard. Très cool et Berlin-style.*
*Une façon de nous amener à mettre notre âme à nu ? Cela, c'est Mika qui s'en charge depuis le comptoir à cocktails où, appliquant à l'éthyle l'esprit irrévérencieux de son daron, il brouille codes et valeurs pour nous emporter dans un joyeux bordel de saveurs. Essayez ses Bloody Colada, Black Cosmo et Sex on the Blue Lagoon, et vous verrez : la tête, pour le coup, vous allez bien vous la mettre à l'envers.*

*Dernière touche, et non des moindres, celle apportée par Jess, la sœurette (eh oui,* La Tête à l'envers, *c'est une histoire de famille), qui officie aux platines dans un maelström de sons tout aussi délirants que les recettes du frangin, puisqu'elle mêle sans broncher Frédéric François, Ol' Dirty Bastard et Eric Dolphy, pour mieux achever de nous mettre à terre.*
*Les trois sont belges, les trois sont fous, c'est Magritte, Brel et Plastic Bertrand réunis. En un mot : THE place to be !*

J'ai retravaillé le style, puis je l'ai envoyé tout de suite à Romuald, le rédac-chef de *Cotillon*. Celui-ci m'a répondu dix minutes plus tard en me remerciant d'avoir travaillé si vite, le magazine sortait dans deux jours et je leur avais sauvé la mise. Il m'a demandé un RIB pour pouvoir me régler, je lui ai envoyé celui de Didier ; celui-ci ne comprenait rien à internet, et c'était moi de fait qui gérais ses comptes depuis un an. Il ne s'apercevrait de rien.

La semaine suivante, Romuald m'a récrit pour me dire qu'il avait reçu un coup de téléphone de Guy, qui tenait à le remercier pour l'article. Depuis la parution du dernier *Cotillon*, son bar n'avait pas désempli. Il n'en croyait pas ses yeux. Il était ravi, et tellement reconnaissant qu'il avait pris l'initiative de leur accorder une rallonge, dont Romuald allait me transmettre une partie. Guy disait que nous étions des magiciens, des anges. Que nous l'avions sauvé. Et que nous serions toujours les bienvenus chez lui. Romuald était très surpris, et me proposait dans la foulée deux autres rendez-vous dans les jours à venir.

J'étais moi-même stupéfait du succès de mes pirouettes verbales. Je me suis rendu le soir même au bar pour le constater de visu. C'était incroyable. Un essaim de jeunes gens en train de boire et fumer devant l'entrée occupait toute la largeur du trottoir, et le bar était bondé. J'ai ôté mes bouchons d'oreille, puis je me suis frayé un passage à travers la foule pour entrer dans l'établissement, au moment où après une chanson de Marie Laforêt, Jessica faisait résonner les premières basses du *MC's act like they don't know* de KRS-One. Au comptoir, Guy venait en aide à Mickaël pour répondre à l'afflux de commandes. Il ruisselait de sueur, radieux, pendant que des étudiantes graciles et ivres lançaient des sourires enjôleurs à son fils. Une fois parvenu jusqu'à eux, j'ai fait un signe de la main à Guy, mais celui-ci était trop absorbé et j'ai dû lui toucher le bras pour qu'il remarque ma présence. Son visage s'est alors illuminé et il m'a pris dans ses bras par-dessus le comptoir, puis Mickaël lui aussi en a laissé de côté le Daïquiri Fizz qu'il était en train de préparer pour célébrer mon arrivée.

— Yeaah !!

Il m'a donné sa main à claquer, et j'ai passé la soirée à boire à l'œil au milieu des jeunes femmes, enivré de sentir autour de moi toute cette joie que j'avais contribué à créer. Cela me faisait du bien après cette longue période de réclusion. Grisé par l'effervescence sexuelle qui régnait dans l'établissement, j'ai même jeté mon dévolu sur une étudiante ravissante nommée Sophie, dont les longs cheveux blonds me rappelaient Marie. Mais celle-ci a paru rebutée par mon apparence physique et m'a sèchement éconduit. Elle s'est laissé embrasser quelques secondes plus tard par un garçon ventripotent au visage recouvert d'acné qui venait de l'aborder, mais je ne me suis pas formalisé : maintenant que j'avais l'amour de Marie, je n'avais plus besoin de tout ça. Je n'étais plus dans la lutte. Et quand, quelques heures plus tard, je descendais à vélib le boulevard Poissonnière en direction de Nation, sous la pluie qui s'était mise à tomber drue, j'avais aux lèvres le sourire des gens heureux.

# 8

MON TRAVAIL POUR *COTILLON* a rapidement pris de l'ampleur. Les deux nouvelles missions que m'avait données Romuald avaient elles aussi été un succès fracassant. Du jour au lendemain, les deux bars avaient vu leur fréquentation exploser. Les propriétaires des établissements alentour, surpris par cet essor soudain, s'étaient renseignés, et avaient décidé de faire appel à *Cotillon* eux aussi. Romuald a constaté que les résultats n'étaient pas aussi spectaculaires quand il envoyait d'autres pigistes, et j'ai commencé à être très demandé. Les articles s'enchaînaient. J'ai voulu augmenter mes tarifs. Romuald a suivi.

Je n'avais pas toujours besoin d'intervenir autant que je l'avais fait pour le bar de Guy. Le plus souvent, mon travail se résumait à choisir les mots propres à créer une atmosphère, susciter de l'imaginaire, trouver aux bars une identité que leurs patrons n'avaient pas toujours réussi à formuler. Les bars que je décrivais paraissaient de fait beaucoup plus extraordinaires qu'ils ne l'étaient, mais quand les lecteurs de *Cotillon* s'y rendaient, ils n'étaient pas déçus, car au fond je ne mentais pas : je leur avais juste donné les clés pour mieux percevoir la beauté ou l'intérêt de ces lieux.

C'était pour moi une formule absolument géniale, car je parvenais ainsi très facilement à gagner les 200-300 euros mensuels dont j'avais besoin pour compléter mes aides sociales. En outre, je n'avais presque plus aucune dépense, puisque lors de mes rendez-vous les patrons ne me faisaient jamais payer mes consommations, et qu'ils étaient tellement reconnaissants quand je revenais les voir après l'essor de leur établissement que j'étais reçu comme un calife et pouvais boire à l'œil toute la soirée. L'alcool ayant toujours été ma source principale de dépenses, je devenais de fait presque riche. Et tout cela, c'était grâce à Marie. Grâce à son amour, qui me donnait de la force, et aux efforts que j'avais dû faire pour le conserver.

Je passais mes journées à écrire mes articles dans la pénombre de mon studio, protégé du bruit des travaux par mes bouchons d'oreille. Puis, à partir de la fin de l'après-midi je sillonnais la ville pour mes rendez-vous, jusqu'au soir où j'allais me détendre en rendant visite aux patrons pour qui j'avais déjà écrit. Cela m'obligeait bien sûr parfois à fréquenter certains quartiers que je m'étais interdits, mais j'avais développé l'art de me fondre dans la foule. De marcher droit devant moi, voûté, sans regarder personne. Devenir invisible est aussi une question d'état d'esprit : quand on ne vit pas pour les autres, qu'on cesse d'en dépendre, qu'on ne cherche plus rien, personne ne vous voit. C'est mécanique. Même quand je relevais les yeux, je voyais que les gens ne me regardaient pas. Je filais entre eux comme le poisson dans le ruisseau.

Quand je voulais m'accorder des pauses, je sortais non loin de chez moi, dans le 12e arrondissement, ou dans des quartiers éloignés des zones que je devais éviter. Là, je pouvais me détendre, et marcher serein sans craindre de croiser Marie. Je traînais dans les squares, aux terrasses, à observer les passants et la vie trépidante de la ville. J'en avais besoin, car à force de vivre dans l'obscurité, de mon studio, des bars, ou de la nuit, ma vision commençait à s'altérer. J'avais l'impression de voir Marie partout. Il m'avait semblé l'apercevoir dans ma rue, dissimulée sous un parapluie. J'avais aussi cru la voir quelques jours plus tôt à Réaumur avec Didier. Mais les circonstances étaient tellement similaires à celles où je les avais rencontrés la première fois – Didier sortant anxieux d'un bar, puis Marie à sa suite, occupée à chercher quelque chose dans son sac – que j'avais dû admettre que c'était une hallucination.

J'avais une vie épuisante. Le monde de la nuit est une sorte de long cauchemar, au milieu duquel je trottinais comme un rat dans mon manteau noir, tête baissée, parmi la foule ivre et braillarde, les corps chavirants qui s'accrochaient aux poteaux, aux murs, ou aux bras de leurs compagnons de boisson peinant eux aussi à tenir sur leurs jambes. Je les observais avec pitié, en train de faire semblant de s'amuser et de rire, noyés par l'alcool, alors qu'au fond, tous ces gens autour de moi n'étaient là que pour une seule chose : trouver de l'amour. Le temps d'un regard, d'un rire, ou d'une nuit. C'était pour cette seule chose qu'ils s'agitaient, braillaient, et finissaient en rampant sur le trottoir. Ce n'était plus mon problème. Puisque je n'avais plus d'attentes, je me sentais complètement libéré par rapport aux femmes. Je me réjouissais du simple plaisir d'être à leur contact, de leur parler. Spécialement à Paris. Les Parisiennes, plus qu'aucunes autres, maîtrisaient l'art d'être belles. Je ne me lassais jamais de ce spectacle. Elles étaient mon oasis.

C'est comme ça que j'ai rencontré Roxane, dans un bar du 18e, à la fin de l'été. J'ai tout de suite remarqué ses longs cheveux roux, son petit nez retroussé, ses beaux yeux mélancoliques, la ligne fine de son corps et son port altier. Je l'ai observée longtemps pour essayer d'accrocher son regard, mais elle était accaparée par une discussion avec une amie et ne me remarquait pas. Ce n'est que quand elle s'est approchée du comptoir pour commander un nouveau verre que nous nous sommes heurtés par inadvertance et qu'elle s'est tournée vers moi. Elle souriait.

— Pardon. Je vous ai fait mal ?
— Ben non. Sinon je vous sourirais pas.
— Et pourquoi vous souriez ?

Elle continuait en effet à me regarder fixement, sans cesser de sourire.

— Pour rien. Comme ça. Parce que je suis un peu bourrée. Et aussi... parce que c'est tout de même bizarre d'avoir autant de poils autour de la bouche et aucun sur la tête.

C'est vrai que j'avais laissé pousser mon bouc et qu'on ne voyait presque plus mes lèvres, qui étaient englouties par les poils. Je me suis mis à rire. Elle a ri, elle aussi. J'ai plissé les yeux pour mieux la scruter.

— Qu'est-ce que vous regardez ?
— J'essaie d'imaginer à quoi vous ressembleriez avec les cheveux rasés et un bouc. Je crois que ça vous irait moins bien.

Elle a souri en inclinant légèrement la tête et j'ai senti un grand frisson dans ma poitrine. Je me suis joint à leur conversation, et quand quelques minutes après le départ de son amie Roxane m'a embrassé, j'ai eu un mouvement de recul.

— Qu'est-ce qu'il y a ?

Je pensais à Marie.

— Je crois que je suis un peu ivre…

Je préférais rentrer chez moi. Elle m'a embrassé encore une fois avant de partir, je me suis laissé faire, et nous avons échangé nos numéros de téléphone.

Nous nous sommes revus le week-end suivant. Nous avons marché au hasard dans son quartier. Elle habitait à Lamarck, non loin du bar où nous nous étions rencontrés. J'étais un peu emprunté. Je me contentais de marcher à côté d'elle sans rien dire. Elle m'a demandé ce que je faisais dans la vie. Je lui ai dit que j'étais pigiste pour *20 minutes*. C'était un journal gratuit, comme *Cotillon*, donc ce n'était pas totalement un mensonge. Je lui ai expliqué que j'étais originaire de Béthune, et que je venais d'arriver à Paris il y a quelques semaines. Je ne connaissais pas grand-monde, à part mon demi-frère, qui travaillait dans le quartier du Père-Lachaise, et que je ne voyais pas beaucoup. Je n'étais pas très intéressant. Elle m'a répondu que ça tombait bien, parce qu'elle non plus n'était pas très intéressante. Elle était dentiste et elle avait un chat.

— C'est nul, non ?
— Quoi ? Les chats ou les dentistes ?

Je n'avais sincèrement pas compris la question, mais elle m'a dit que j'étais drôle. Je me sentais bizarrement calme.

Avec Marie, j'étais un feu follet. Là, j'avais seulement envie de marcher, d'être à côté d'elle. Roxane aussi était très calme. Elle parlait peu. Nous avons pris un kir au comptoir d'un troquet. Quand nous sommes sortis fumer une cigarette, elle m'a embrassé à nouveau. Nous avons passé la nuit chez elle, dans son grand appartement de la rue Saint-Vincent. C'était étrange de sentir son corps nu contre le mien. Étrange, mais agréable, car je savais qu'il ne serait jamais question d'amour entre nous. J'étais lié à Marie, et par la rapidité avec laquelle Roxane m'avait mené chez elle, j'avais bien compris ce qui l'intéressait chez moi.

Nous avions de plus des goûts très différents. Elle passait beaucoup de temps à regarder la télévision, à jouer aux jeux vidéo. Elle aimait aussi la culture gothique, évidemment, même si, depuis qu'elle était devenue dentiste, elle avait dû opter pour une tenue plus traditionnelle.

— Quand j'étais jeune, j'étais un corbeau.

Je faisais mine de bien connaître cet univers, mais elle m'avait dit très vite que ça se voyait que je n'étais pas un vrai gothique. Les différents accessoires de mon accoutrement n'allaient pas ensemble. Ça l'attendrissait. Nos différences ne me dérangeaient pas. C'était comme un voyage. Je découvrais un monde inconnu.

Nous nous voyions le plus souvent chez elle. Je préférais autant que possible éviter les lieux publics. Je l'avais fait venir aussi chez moi, mais le studio paraissait encore plus nu sans la carte de Paris que j'avais pris soin de décrocher, et elle ne supportait pas d'être réveillée par les travaux le matin. Elle me disait que cela faisait deux mois que j'étais à Paris maintenant, il était temps que je m'installe vraiment. Elle m'a emmené au Conforama de l'avenue Philippe-Auguste pour me faire acheter quelques meubles. Puis elle a découvert la magie des bouchons d'oreille. Elle s'est mise à venir chez moi de temps en temps.

Elle voulait me faire visiter Paris et insistait pour m'emmener à Ménilmontant, à Oberkampf ou encore au Quartier latin. Je lui disais que j'aimais beaucoup le 18e et que j'avais envie aussi de découvrir mon quartier. Nous sortions sinon à Bastille, dans un petit restaurant de grillades coréen où elle allait quand elle était étudiante.

— À l'époque, j'avais pas ces petites rides, là, autour des yeux.

Nous rentrions ensemble jusque chez moi par la Coulée verte, marchant main dans la main. Elles finissaient toujours par devenir moites, mais c'était bien. J'étais d'une grande tendresse. Je caressais son visage en pensant à celui de Marie, comme si c'était une chose très précieuse.

Son ex-mari avait été violent avec elle, c'était pour ça qu'elle l'avait quitté, et ma douceur lui faisait du bien. Elle me disait qu'avec moi elle sentait qu'elle guérissait. Elle l'avait compris tout de suite quand nous nous étions rencontrés dans le bar. C'était pour ça qu'elle m'avait souri. À cause de cette douceur qu'elle voyait dans mon regard. Mais c'était ma voix grave qui lui avait donné envie de m'embrasser.

Elle était surprise que je ne veuille pas rencontrer ses amis. Je lui répondais que j'avais honte de ce que j'étais. Que je me trouvais hideux. Que je ne voulais pas lui faire honte. Qu'il fallait qu'elle me laisse un peu de temps.

— Tu es fou. Tu es beau. Tu as un gros bouc, mais tu es beau.

De toute façon, elle aimait beaucoup passer des week-ends entiers avec moi, enfermés dans son appartement comme deux rescapés sur une barque au milieu de l'océan. Elle avait besoin de ma présence. Parfois, quand je me déplaçais dans la pièce, elle me cherchait du regard, comme si elle craignait que je disparaisse. Elle avait presque un mouvement de surprise quand je la prenais dans mes bras. Puis elle se détendait instantanément. Son chat Octave était un imbécile qui passait son temps à déféquer en se léchant les babines. Il était âgé, et visiblement à moitié aveugle. Il ne cessait de se mettre dans mes pattes et couinait comme un putois quand malgré moi je lui marchais dessus. Je réprimandais la bête avec compassion et cela faisait rire Roxane.

Je me sentais bien avec elle. Grâce à Marie j'étais déjà aimé, et cet amour m'avait transformé. Je voyais bien que j'étais devenu quelqu'un d'attachant. Que Roxane n'arrivait plus à m'envisager seulement comme amant. Je voyais aussi que ce qu'elle m'apportait était très beau. Qu'elle était une personne magnifique. Moi aussi je m'attachais à elle.

C'était mystérieux, la façon dont notre amour était né. Inattendu, improbable. J'ai essayé de gagner du temps, de la voir moins souvent. Mais c'était un combat perdu d'avance. Et surtout dangereux, car mes louvoiements risquaient de semer le doute chez elle, et à terme d'altérer ce qu'elle ressentait pour moi. J'ai compris que je n'avais plus le choix.

J'ai pris mon téléphone et j'ai appelé Didier.

# 9

IL ÉTAIT HEUREUX QUE JE VEUILLE LE VOIR. Il s'était inquiété d'avoir été si longtemps sans nouvelles. Il avait de fait continué à m'envoyer régulièrement des SMS, mais je me méfiais de lui et mes réponses avaient toujours été laconiques. Je lui ai donné rendez-vous à côté de chez moi, aux *Pères populaires*, en fin d'après-midi. Je suis ensuite allé voir pour *Cotillon* un bar qui venait d'ouvrir du côté de Faidherbe, mais j'étais tellement préoccupé que j'écoutais le patron d'une seule oreille. J'étais trop triste, en pensant à ce qui nous arrivait avec Roxane. La vie était injuste. En remontant la rue du Faubourg-Saint-Antoine en direction de Nation, je marchais comme une ombre, sans regarder où j'allais. Les gens me bousculaient.

Je suis arrivé en avance au rendez-vous et je suis allé tout de suite au comptoir pour commander un verre. Le barman était occupé, mais j'étais plongé dans mes pensées, et il se tournait à chaque fois vers les clients qui arrivaient à côté de moi. En désespoir de cause, j'ai fini par emporter la bière qu'il avait servie pour un autre. Les deux ont eu l'air étonné mais m'ont laissé faire, le serveur ne m'a même pas demandé de payer. Je me suis installé à une table tout au fond. Didier est arrivé quelques minutes plus tard. Il a froncé les sourcils en voyant mes joues creusées et l'énorme touffe de poils qui entourait ma bouche.

— Ça a pas l'air d'aller.
— Si, je suis heureux. C'est juste que je suis triste.

J'ai eu l'impression que toute la détresse du monde venait de s'abattre sur son visage.

— Mais toi, ça va ?

Il a soupiré, et m'a avoué que depuis qu'il avait découvert qu'il parlait polonais, il ne savait plus où il en était. Ça l'obsédait. Il s'était abonné à des journaux pour se tenir au courant de l'actualité du pays. Il avait essayé de s'intéresser à la culture polonaise, au mode de vie polonais, pour voir si ça n'allait pas réveiller quelque chose. Il avait aussi emprunté des disques de musique folklorique à la bibliothèque. Mais ça avait été un échec.

— C'est complètement inaudible. Insupportable.

Il avait aussi essayé de manger polonais, de goûter des plats traditionnels, comme la soupe de betteraves, les raviolis au chou.

— Et alors ?

Il a secoué la tête.

— C'est dégueulasse.

Il était retourné plusieurs fois au bar de Martial, bien sûr, pour retrouver la trace des Polonaises et essayer de discuter avec elles. Il ne les avait pas revues, mais avait parlé avec d'autres Polonais, qui lui avaient conseillé d'aller à l'ambassade de Pologne pour voir s'il n'y avait pas un avis de recherche. Il s'y était rendu, mais on lui avait dit qu'il n'y avait aucun profil correspondant à son signalement. D'après eux, vu la perfection de son français et les fautes qu'il faisait en polonais, il y avait peu de chances qu'il soit de nationalité polonaise. Il ferait mieux d'aller à la police, ou de lancer un appel sur internet. J'étais atterré, mais las, aussi, de voir qu'il n'avait pas suivi mes conseils et continuait à se faire du mal. Je lui ai dit d'une voix calme qu'il ne fallait surtout pas qu'il aille à la police. Et s'il était un violeur d'enfants ? Est-ce qu'il avait envie de découvrir ça ? Il a eu un sourire triste.

— C'est pas possible. J'aime trop les enfants pour faire une chose pareille…

Je lui ai répondu que c'était là une phrase typique de pédophile, et qu'il valait mieux qu'il arrête tout ça. De toute façon, s'il allait à la police, il allait devoir avouer qu'il avait usurpé l'identité d'une personne disparue pour devenir fonctionnaire de la Ville de Paris ; pédophile ou non, il finirait en prison. Peu importe qui il était. Il fallait songer avant tout à être heureux. J'ai vu à son regard qu'il ne savait absolument pas comment faire, et j'ai changé de sujet, en lui disant d'un mince filet de voix que j'avais un grave problème. Il fallait qu'il me vienne en aide. Les larmes lui sont aussitôt montées aux yeux.

— Je le sentais. T'as pas bonne mine. T'es tout mou.

C'est vrai qu'il m'avait toujours connu plutôt agité, et que depuis qu'il était arrivé, je parlais très lentement, comme avec résignation, en cherchant mes mots. J'avais de fait à peine touché à ma bière. Je lui ai dit qu'il fallait que je meure à nouveau. Et qu'il appelle Roxane.

— Qui ça ?

Je lui ai expliqué la situation. Je lui ai dit que j'étais désolé. Je m'étais laissé dépasser. Il a secoué la tête, incrédule.

— Et Marie ? Tu l'aimes plus ?

J'ai répondu que l'amour de Marie restait vivant tout au fond de moi, mais que, comme nous ne vivions pas ensemble, ça ne m'empêchait pas, visiblement, de retomber amoureux.

— Un cœur, c'est fait pour battre.

Je lui ai tendu mon téléphone. Il a eu l'air affolé.

— Tu te rends pas compte de ce que tu me demandes. Je peux pas…

Il a eu une hésitation, puis il m'a dit qu'il avait déjà des remords horribles pour Marie. Que ça lui déchirait le cœur quand il la revoyait.

— Tu l'as revue ?!
— Oui, elle est revenue me voir au cimetière.
— Et vous avez parlé ?
— Le lendemain, oui, dans un bar, à Réaumur.

Je n'avais donc pas rêvé. C'était bien eux que j'avais vus l'autre jour. Il a commencé son récit d'une voix mal assurée et m'a dit qu'elle voulait le voir parce ce qu'elle avait lu tous mes romans. Et qu'elle les avait trouvés magnifiques. Elle ne comprenait pas pourquoi je n'avais jamais voulu lui en parler. Ni pourquoi j'avais arrêté d'écrire. Il lui avait alors répondu que c'était parce qu'ils étaient liés à une période de ma vie qui était trop douloureuse. J'avais trop souffert des femmes. Je n'y croyais plus. Il n'y avait qu'avec elle que j'avais eu la révélation que c'était possible. Qu'elle était non seulement la femme, mais la personne humaine la plus extraordinaire que j'aie jamais rencontrée.

— T'as dit ça ?
— J'aurais pas dû ?
— Non. J'aurais juste jamais pensé que t'aurais su comment parler à une femme…

Malgré moi, je sentais que ça me faisait plaisir, qu'elle ait aimé mes romans.

— T'emballe pas. Elle a dit ça parce que t'es mort. Ça doit être troublant d'entendre un mort vous parler.

Il a vu que j'étais vexé, et il a souri.

— Je plaisante…
— Tu plaisantes, toi, maintenant ?

Il a eu lui-même l'air étonné. C'est vrai qu'il y avait quelque chose d'un peu différent chez lui. Il avait toujours un air lugubre et mélancolique, mais on voyait maintenant une vraie lumière dans son regard. Quelque chose de vivant. J'avais conscience en tout cas que ces rencontres étaient dangereuses, et je lui ai dit que si Marie revenait encore une fois, il fallait qu'il lui dise que la voir ravivait ses douleurs, et qu'il préférait qu'elle ne vienne plus. Il a baissé la tête et m'a dit D'accord. Mais il a ensuite relevé la tête et a ajouté d'une voix déterminée qu'il fallait que je me contente d'une seule mort. Que je ne pouvais pas mourir sans cesse. Que si j'avais peur pour Roxane, je pouvais tout simplement la quitter.

— Si je la quitte, elle va cesser de m'aimer.

Didier était atterré.

— Tu peux pas, François…
— Si !

Je me suis mis à pleurer de rage en lui disant que j'en avais assez. C'était sans cesse la même chose. Les femmes m'aimaient au début, et puis elles finissaient toujours par me quitter. Ça faisait des années que j'essayais. Ça ne marchait jamais. J'avais 38 ans, et je n'y avais jamais eu droit. Maintenant, ça suffisait. J'avais envie d'être aimé. Sinon la vie n'avait pas de sens. Et surtout, aucun intérêt. Je préférais mourir. Pour de vrai, pour de faux, ça ne faisait pas de différence pour moi. Mais il me fallait l'un ou l'autre.

Voyant les larmes qui coulaient sur mon visage, Didier s'est mis à pleurer lui aussi, puis il a avancé sa main pour la poser sur la mienne. Je lui ai souri, et j'ai fait glisser mon téléphone jusqu'à lui.

— Maintenant ?
— Oui.

Il a composé le numéro en tremblant. J'ai gardé ma main sur la sienne pour lui donner du courage.

# 10

J'AI ENFOURCHÉ UN VÉLIB et je suis remonté péniblement jusqu'à l'hôpital Saint-Louis pour rejoindre l'agence de Jean-Luc et Nathalie, qui se trouvait à l'autre bout de la rue Saint-Maur. J'ai regardé l'hôpital, le cœur serré à l'idée de devoir mourir à nouveau. J'ai commencé par racheter un téléphone dans une petite boutique, puis je suis allé à l'agence, où Sartre s'est aussitôt jeté dans mes jambes en jappant. Jean-Luc a relevé la tête de son ordinateur et a froncé les sourcils.

— François ?

Il ne me reconnaissait pas. Nathalie a poussé un cri puis s'est mise à rire. Jean-Luc a haussé les épaules et m'a dit que c'était un style.

— Du moment que tu te sens bien comme ça…

Je lui ai dit que non. J'avais voulu essayer quelque chose de différent, mais en fait ça ne me plaisait pas, j'allais changer. Nathalie a approuvé de la tête.

— À la bonne heure.

— Je pourrais boire un café ?

Jean-Luc me l'a servi tout de suite. Il me trouvait une petite mine. Je lui ai dit qu'effectivement je dormais mal.

— Des contrariétés ?
— Le stress.

Je lui ai expliqué que j'avais beau avoir accepté en connaissance de cause, l'appartement était vraiment trop bruyant. C'était un enfer. Je n'arrivais plus à écrire. J'avais en effet repris mes piges au *Parisien* où la concurrence était rude, et je ne pouvais pas me permettre d'être en retard pour rendre mes articles. J'étais désolé, j'avais agi sur un coup de tête en choisissant cet appartement. J'aurais dû être plus patient. Mais je ne pouvais plus continuer. Il me fallait quelque chose de calme. Jean-Luc m'a répondu que c'était un peu embêtant, car les propriétaires n'aimaient pas les changements fréquents, mais à vrai dire celui-ci comprendrait. Il devait déjà s'estimer heureux d'avoir pu trouver un locataire ne serait-ce que quelque temps pour un appartement qui a priori était inlouable. Il s'est mis à consulter ses fichiers et a fait la grimace. Ils n'avaient rien dans le quartier. Le seul disponible était une petite chambre de bonne vers La Muette, dans le 16$^{e}$, à l'extrême ouest de Paris. C'était parfait. J'ai haussé les épaules.

— Ça ira. Je vais pas faire le difficile. Il est libre de suite ?
— Oui.

Nous avons signé les papiers et il m'a donné les clés. Je suis allé tout de suite au tabac à côté de l'agence pour acheter cinquante exemplaires de *L'Équipe*. Il n'en avait pas assez et j'ai dû prendre aussi quelques exemplaires du *Figaro*. J'avais du mal à tenir sur mes jambes. J'étais plus fébrile encore que la première fois. Le client derrière moi, plongé dans ses pensées, m'est rentré dedans et s'est excusé.

— C'est pas grave. Je vais bientôt mourir, de toute façon.

Je suis ensuite allé m'acheter quelques vêtements et accessoires dans le Marais, puis je suis passé à la Fnac des Halles, car j'allais avoir besoin de matériel. Je ne pensais pas que c'était si cher. J'ai hésité. J'ai regardé le portique du deuxième étage qui donnait directement sur le centre commercial, à côté duquel un vigile sommeillait. Il n'y avait pas beaucoup de passage et c'était risqué, mais je me suis dit que je pouvais tenter ma chance. J'ai pris les produits et je me suis dirigé vers la sortie comme si de rien n'était. Le vigile ne semblait pas faire attention à moi et j'ai franchi le portique d'un pas tranquille. L'alarme s'est aussitôt déclenchée, je me suis retourné vers le vigile pour voir s'il me courait après, mais celui-ci s'est contenté de regarder autour de lui d'un air surpris et n'a pas cherché à me rattraper.

À mon retour rue Buzenval, j'ai commencé par raser mon bouc et ôter les anneaux d'ivoire des lobes de mes oreilles, puis j'ai récupéré un vieux pot de peinture en métal qui traînait sur le palier parmi les gravats et j'ai entrepris de brûler les exemplaires de *L'Équipe* et du *Figaro*. J'ai gardé un exemplaire de *L'Équipe* pour le lendemain, j'ai rajouté au brasier mes vêtements gothiques, et je suis resté un long moment à observer les flammes qui s'élevaient du pot. J'ai ôté les clous du tas de cendre et j'ai remisé le pot dans la salle de bains. Il restait le plus important. Je me suis installé à mon bureau, j'ai pris plusieurs feuilles de papier, et je me suis mis à rédiger une lettre pour Roxane. Cela m'a pris toute la nuit. J'avais du mal à faire sortir les mots. C'était trop douloureux.

J'ai terminé au petit jour, au moment où les premiers ouvriers arrivaient sur le chantier, puis j'ai enfilé mes bouchons d'oreille pour faire un petit somme avant l'arrivée de Didier. Quand je lui ai ouvert la porte, il avait les traits tirés et me regardait avec effroi, comme si j'étais effectivement mort et que devant lui se dressait un fantôme. Il m'a donné l'urne. J'y ai reversé le contenu du pot. J'ai ensuite équipé Didier avec le matériel, vérifié que celui-ci fonctionnait, puis je lui ai donné la lettre et j'ai posé la main sur son épaule.

— Merci, Didier.

Il a détourné le regard et a quitté mon studio sans dire un mot. J'ai chaussé mes lunettes à grosse monture noire, enfilé ma chemise à carreaux cintrée rouge et bleue, mon pantalon vert trop court qui me moulait les mollets, mes baskets blanches, puis j'ai posé la perruque sur mon crâne chauve.

Je suis sorti et j'ai rejoint Bastille en métro. J'étais en avance. Je me suis installé au *QG*, à l'angle de la rue de la Roquette et de la rue de Lappe, près d'une fenêtre d'où je pouvais observer la terrasse de *La Rotonde*, en face, où Didier et Roxane avaient rendez-vous. J'ai déployé devant moi mon exemplaire de *L'Équipe* et me suis mis en position d'attente. J'étais si bien caché que même le serveur ne m'avait pas vu. J'ai dû attraper son bras quand il est passé à côté de moi pour lui commander un café.

Didier est arrivé une demi-heure plus tard. Il s'est installé en terrasse, conformément à mes recommandations. J'ai allumé mon appareil et enfilé les écouteurs. Le micro HF fonctionnait très bien. J'entendais même sa respiration, un peu saccadée. J'ai sorti discrètement les jumelles. Didier avait l'air nerveux, beaucoup plus qu'avec Marie. Roxane est arrivée quelques minutes plus tard par la rue Daval. J'ai relevé légèrement mon exemplaire de *L'Équipe*. La terrasse était déserte, elle s'est dirigée tout de suite vers sa table.

— Roxane…
— Didier.

Elle s'est assise face à lui. Je ne pouvais la voir que de trois quarts. C'était frustrant, mais j'avais le HF. Didier a tout de suite pris la parole.

— Je sais que cette rencontre est aussi pénible pour vous que pour moi. Je ne vais pas… être long. Voilà ce que je voulais vous donner.

Il a sorti la lettre de sa poche et l'a posée sur la table à côté de son café.

— Quand je suis retourné chez lui vider l'appartement, j'ai trouvé ça sur son bureau. J'étais tellement sous le choc, je me suis permis de la lire. Ça vous est adressé. C'est un brouillon de lettre, qu'il comptait visiblement vous envoyer. C'est comme ça que j'ai fait le lien avec le nom qui revenait sans cesse dans le journal d'appel de son téléphone. J'ai pensé que vous voudriez l'avoir.

J'ai réglé plus précisément les jumelles, et j'ai vu que la main de Roxane tremblait en prenant la lettre. Celle de Didier aussi. Il avait l'air décomposé. Ça m'a fait de la peine pour lui. Il a remué les lèvres, comme s'il hésitait.

— Est-ce que vous voulez ses cendres ?

J'ai entendu Roxane étouffer un sanglot. Elle est restée un moment immobile, puis elle a fait oui de la tête. Didier s'est alors penché sous la table, a sorti l'urne de son sac à dos et l'a posée devant lui. Roxane s'est mise à pleurer. Didier s'est levé précipitamment.

— Excusez-moi. Je préfère y aller. Je…

Il n'a pas terminé sa phrase et s'est éloigné d'un pas vif sur la rue Daval, avant de se mettre carrément à courir. J'ai fini par perdre son signal. Roxane regardait l'urne. Elle n'osait pas y toucher. Un serveur est arrivé et lui a demandé quelque chose. Elle a fait non de la tête. Le serveur lui a répondu d'un air peu amène, puis il a vu l'urne sur la table et s'est éloigné en plissant les lèvres. Roxane a avancé lentement ses mains pour les poser de part et d'autre de l'urne. Elle est restée ainsi quelques secondes, comme si elle se réchauffait à un feu. Je voyais son buste bouger. Elle devait pleurer. Une dizaine de minutes plus tard, elle a pris son sac et s'est levée pour quitter la terrasse, en gardant l'urne lovée au creux de sa poitrine. Elle n'avait pas lu la lettre. Je me suis levé instinctivement pour la suivre. Je n'avais pas le temps de régler mon café, mais le serveur était occupé à autre chose et je suis sorti discrètement. Roxane était un peu plus loin sur la rue de la Roquette. J'ai couru quelques mètres pour ne pas me faire distancer, mais elle marchait très lentement, en continuant à tenir l'urne contre sa poitrine. J'ai rajusté ma perruque et ralenti le pas. Roxane s'arrêtait parfois au milieu du trottoir, puis se remettait en route d'une démarche hésitante. Elle avançait visiblement au hasard. Elle a fini par échouer sur un banc du square Maurice-Gardette, avenue Parmentier, face à un parterre de fleurs et un bosquet. Je suis passé par l'autre côté, j'ai enjambé la petite clôture grillagée et je me suis installé dans le bosquet entre deux arbustes pour pouvoir l'observer en toute tranquillité avec mes jumelles.

Roxane ne pleurait plus, mais son visage était luisant de larmes. L'urne était posée sur ses genoux. Elle regardait dans le vide. Elle a fini par remiser l'urne dans son sac avec précaution, et elle a sorti la lettre de sa veste. Elle l'a gardée un moment dans sa main, puis l'a dépliée devant elle et s'est mise à lire les mots que je lui avais écrits cette nuit.

> *Roxane,*
> *Je ne parle pas beaucoup, tu as dû le remarquer. Pourtant, il y a des mots qui me brûlent les lèvres, et que je n'arrive pas à dire quand je suis devant toi. Alors je vais essayer de les écrire. J'ai grandi sans parents, sans amour, dans l'environnement hostile d'un orphelinat. J'ai dû apprendre à aimer. Et apprendre tout seul. Je ne sais pas si je le fais très bien. ~~J'ai l'impression~~ ~~Je ne sais pas si~~ Je ne sais pas si les hommes le font très bien. ~~Mais pour la première~~*

~~*fois de ma vie, je sens que*~~
*Pendant longtemps, je me suis demandé à quoi ça servait. Si ça valait la peine, quand on voit comment les êtres humains se comportent les uns avec les autres. Mais je voulais te dire que depuis que je t'ai rencontrée, je comprends. Je sais ce que c'est. Car tu es la plus belle chose qui me soit arrivée au monde.*
~~*Tu es la lumière au bout de la nuit des forêts.*~~
*Tu es la lumière au bout de la nuit.*
*Quand je*
*À ton cont*
~~*Je sais que l'amour existe. Que c'est toi qui l'as inventé.*~~
*Maintenant que je te connais, je comprends de quoi parlent toutes les histoires d'amour. Elles ne parlent que de toi.*
*J'aime le moindre de tes gestes.*
*Parfois, même quand je ne te vois pas, je sens que tu es là, à l'intérieur de moi, et je suis heureux.*
*J'ai envie de passer ma vie entière la main sur ta joue.*
~~*Sentir ton odeur, contre moi. Garder*~~ *Voir une mèche de tes cheveux sur mon bras. Voir tes yeux qui scintillent quand tu es éblouie par la lumière du matin.*
*Je t'aime. Tellement. Le mot me paraît si petit.*
*J'aime la moindre des choses que tu fais, je ne sais pas pourquoi.*
*Je veux t'aimer jusqu'à la fin de ma vie et que ma vie soit très longue.* ~~*Éternelle*~~*. Je veux voir tes rides.*

*Caresser tes cheveux blancs. ~~Voir cette lumière dans tes yeux~~.*
*Je veux t'aimer chaque seconde de ma vie.*
*J*
*Je n'ose pas te dire que tu es belle. Que j'aime tes cheveux, ton ventre, ta nuque et le creux de ton coude. Je voudrais qu'on ait des enfants ensemble. Pour donner un corps à notre amour.*

J'en avais écrit cinq pages mais Roxane a fondu en larmes au bout de la première, et s'est pliée en deux sous les sanglots. Elle a fini par se redresser et est restée une dizaine de minutes la main sur son visage, pour pouvoir pleurer tout son saoul sans que personne la voie. Un moment, j'ai cru qu'elle s'était endormie. Elle ne bougeait plus, assise droite sur le banc, la main sur son visage, la lettre sur les genoux, et l'urne dans son sac à main. Puis, comme on ôte un voile, elle a baissé sa main, pris l'urne dans son sac et s'est avancée lentement vers le parterre de fleurs. Elle a soulevé le couvercle du pot, puis elle a fermé les yeux et a répandu les cendres sur les fleurs multicolores qui s'étalaient à ses pieds. J'ai vu passer un des clous de mon manteau que j'avais oublié au fond du pot, mais elle avait encore les yeux fermés et ne l'a pas remarqué. Quand elle les a rouverts, elle avait un doux sourire, et est restée longtemps immobile à regarder les fleurs en souriant, comme si c'était moi qu'elle regardait une dernière fois.

Je pleurais. C'était tellement beau de la voir m'aimer, là, concrètement. On ne voit jamais les gens vous aimer. On les voit peut-être vous désirer, ou être heureux. Mais on ne voit vraiment l'amour que les gens ont pour vous que quand on meurt. Quand on les voit souffrir. C'était magnifique.

J'en avais peut-être fait un peu trop dans ma lettre mais, en comparaison avec Marie, cela faisait peu de temps que nous nous connaissions, et je voulais être sûr que son amour encore un peu fragile soit assez fort pour affronter l'épreuve du temps. Toute sa vie, elle pourrait garder cette lettre, la lire à tout moment, spécialement par exemple quand elle se serait disputée avec un petit ami, et qu'elle voudrait vérifier qu'il y avait bien eu dans sa vie un homme qui avait su vraiment l'aimer.

Elle a quitté le square. Je suis resté un instant dans le bosquet, les jumelles à la main, puis je me suis dirigé lentement vers le métro, et j'ai pris la ligne 9 pour rejoindre La Muette.

## 11

JE ME SUIS INSTALLÉ DANS MON NOUVEL APPARTEMENT, dans une petite rue coincée entre l'avenue Paul-Doumer et la rue Gustave Nadaud. L'ascenseur n'allait que jusqu'au cinquième. Je devais monter les deux derniers étages à pied. Les marches étaient recouvertes de moquette. Tous les sons étaient étouffés, comme si j'avais mes bouchons d'oreille en permanence. La chambre mansardée ne devait pas faire plus de sept à huit mètres carrés, avec un lit une place et une petite table pour écrire. J'avais aussi un minuscule balcon, d'où je pouvais observer les grandes plaines désertes du 16e arrondissement.

C'est un quartier étrange. Extrêmement calme. Quand je me suis promené le premier matin, j'avais l'impression que la ville avait subi une attaque bactériologique deux semaines plus tôt, et qu'aujourd'hui les gens se risquaient pour la première fois à remettre le nez dehors. Les habitants semblent de fait beaucoup plus inquiets que dans le reste de la ville. Ils sursautent dès qu'on les effleure, et vous regardent ensuite avec horreur, comme si vous veniez de leur introduire un cure-dents dans l'oreille. C'est aussi une question de classes sociales. Je sentais bien qu'avec mes vêtements multicolores j'étais considéré ici comme un citoyen de second plan. Les commerçants m'ignoraient ; ils s'occupaient toujours en priorité des clients issus du quartier. De même, les serveurs dans les cafés ne daignaient même pas venir jusqu'à ma table. C'était toujours à moi d'aller vers eux. Je devais souvent leur taper sur l'épaule pour qu'ils finissent par poser les yeux sur moi. Dans la rue c'était la même chose. Quand je marchais à leur rencontre, les gens filaient droit, c'était à moi de m'écarter. Et si je ne le faisais pas, ils me bousculaient sans vergogne, comme si le trottoir leur appartenait. Ils avaient beau s'excuser, le message était clair : je n'étais pas le bienvenu.

Dans les premiers temps, j'ai beaucoup pensé à Roxane. Elle me manquait. Je connaissais de longs moments de prostration, où j'avais l'impression d'être terriblement seul en contemplant la carte de Paris que j'avais affichée sur le mur, et où j'avais hachuré de nouvelles zones à éviter : les 12ᵉ et 18ᵉ arrondissements, où se trouvaient nos appartements, mais aussi Bastille, où nous avions l'habitude de sortir ; ainsi que le petit coin du 13ᵉ, autour de la place d'Italie, où Roxane avait son cabinet de dentiste. Il ne me restait plus que le cœur de Paris, avec un couloir vers le 10ᵉ et le 19ᵉ, et toute la partie ouest de la ville. Je revoyais des images fugaces de Roxane, en train de descendre les petites marches de Montmartre, se retournant soudain vers moi pour me sourire. Le balancement de ses cheveux roux à côté de moi quand nous nous baladions main dans la main sur la Coulée verte. Ses rires, dans les petits bars latinos de Bastille. C'était douloureux, bien sûr, mais quand je repensais à l'amour qu'elle éprouvait pour moi, cela me réchauffait le cœur.

Et puis, à vrai dire, je ressentais aussi comme une sorte de seconde jeunesse à me transformer à nouveau. Après mon costume de corbeau surmonté d'un œuf dur et d'un bouc, j'étais maintenant un petit feu follet de couleurs avec ces chemises à carreaux, ces pantalons serrés, ces lunettes à grosse monture noire qui barraient mon visage, et cette barbe qui recouvrait mes joues. Je continuais à porter la perruque car mes cheveux n'avaient pas encore suffisamment repoussé, mais d'ici peu de temps j'allais devenir tout à fait un nouvel homme. J'avais une chance inouïe. La plupart des gens choisissent généralement l'identité qui sera la leur pendant leur vie entre l'adolescence et leurs 25-30 ans. Là, durant cette période, ils expérimentent différents styles, différents modes de vie, de pensée. Ils pourront être punks, hippies, dandys ou métalleux, gauchistes ou réactionnaires. Mais, à partir de 30 ans, tout se fige. Ils font un choix, et ne s'en éloignent jamais vraiment beaucoup. Moi, j'avais la possibilité de prolonger cette jeunesse, cet esprit d'invention.

Prenant en compte ce qui s'était passé avec Martial, je me suis également efforcé de changer de voix, d'opter pour une tessiture un peu plus haute, vers les aigus. Quelque chose de plus frais, qui me donnait un air juvénile et joyeux. J'ai arrêté de boire, pour changer complètement mes habitudes. Je me suis mis aussi à m'alimenter abondamment, et à faire beaucoup de musculation, afin de modifier ma corpulence, en me disant que quels que soient les vêtements qui me recouvraient, aucune femme qui m'avait connu ne pourrait penser que j'étais la même personne en voyant un corps sportif, musclé, épais, moi qui avais toujours été malingre et mou. J'ai fini par prendre des compléments alimentaires pour gagner plus rapidement en volume, car je dois avouer qu'autant ne pas manger ou manger beaucoup est assez simple, autant faire du sport est pénible, terriblement ennuyeux, et au fond complètement vain. Si encore tous ces gens s'exerçaient en vue de se servir ensuite concrètement de ce corps entraîné, pour aller chasser l'ours ou tuer des ennemis. Mais faire tous ces efforts pour continuer à passer ses journées assis sur une chaise me paraissait absurde. Moi, au moins, j'avais un but. J'observais avec pitié mes camarades de salle, dans le grand centre sportif où je m'étais inscrit rue Lauriston, en train de passer des heures à courir sur des tapis roulants. La raison d'être de la course, du déplacement, c'est de se rendre quelque part. Mais courir pour faire du surplace… C'était comme ces gens que je voyais à travers la baie vitrée des gymnases faire de l'escalade le long des murs, peiner comme des phoques pour atteindre le sommet de la paroi, et ensuite redescendre par le même chemin, sans avoir rien atteint

d'autre que le plafond. Je peux bien comprendre que l'escalade soit utile quand on est en montagne et qu'il n'y a pas d'escalier. Mais dans un gymnase. Je me disais qu'ils pourraient aussi bien inventer un sport consistant à creuser des trous, puis à les reboucher.

Cela me rappelait Didier, avec sa manie compulsive du puzzle, quand il passait des journées entières à reconstituer une image qu'il avait pourtant déjà sur la boîte. Il m'appelait régulièrement pour avoir des nouvelles. Ma deuxième mort semblait l'avoir beaucoup plus préoccupé que la première. Il se faisait du souci pour moi. Il voulait savoir si j'allais mieux. Si je ne me sentais pas trop seul. Si je tenais le coup. Il était très doux, compréhensif. Il parlait peu de lui-même, mais je sentais qu'il n'allait pas bien. J'avais l'impression que parfois il voulait me dire quelque chose, mais renonçait au dernier moment, et finissait par murmurer qu'il ne voulait pas m'embêter avec ses problèmes.

J'étais de fait très occupé. Je continuais à travailler pour *Cotillon*, mais j'étais victime de mon succès et, sollicité par d'autres journaux, j'avais fini par étendre mon activité à de multiples magazines de société ou sites web dévolus au monde des bars et des restaurants. J'avais préféré cependant rester dans la même démarche promotionnelle que celle de *Cotillon*, et avais décliné les offres de plusieurs guides qui demandaient un point de vue

critique sur les établissements. Je n'aimais pas dire du mal, et trouvais à la fois plus intéressant et plus noble de rendre la réalité plus belle plutôt que de la décrire telle qu'elle était.

Je suis rapidement devenu riche. Mais comme mon périmètre d'action s'était encore réduit depuis notre histoire d'amour avec Roxane, je me montrais plus prudent, et puisque de toute façon je ne buvais plus d'alcool, j'avais cessé de passer mes nuits dans les bars. Je me rendais aux rendez-vous le midi ou en milieu de journée, et je retournais ensuite dans le vaste *no man's land* de mon 16e arrondissement écrire mes articles aux terrasses désertes des cafés.

Et puis, un samedi, alors que je remontais en vélib l'avenue Paul Doumer pour me rendre au centre de Paris, où j'avais rendez-vous avec un patron de bar, j'ai écrasé un pigeon. Une petite dizaine, plus précisément, qui s'étaient regroupés autour d'un cake aux olives qu'une vieille dame leur avait répandu sur la piste cyclable. Je m'étais attendu à ce que les bêtes, connues pour leur esprit farouche, s'envolent à mon passage. Mais elles n'avaient pas bougé, et ça avait été un carnage. Je me suis arrêté quelques mètres plus loin, les rayons de mes roues pleins de viscères et de plumes. J'ai contemplé l'horrible boucherie que j'avais laissée derrière moi. Je me suis mis alors à repenser à plusieurs moments de ces dernières semaines, où j'avais

été surpris par la façon dont les gens se comportaient avec moi. Ces serveurs qui mettaient des heures à me servir, ces commerçants qui me faisaient toujours passer après les autres clients. Le vigile de la Fnac qui ne m'avait pas couru après. Ces passants qui me bousculaient sans cesse dans la rue. Jusqu'à cet homme, la veille, dans le métro, qui s'était assis sur mes genoux sans remarquer que la place était prise, et qui s'était excusé, confus. J'ai repensé aussi au chat de Roxane, qui se mettait toujours dans mes pattes. Et à Roxane elle-même, qui alors que nous étions dans la même pièce se mettait parfois soudain à me chercher du regard. Mon cœur s'est mis à cogner dans ma poitrine et j'ai pris mon téléphone pour appeler Didier.

— Allô ?
— Didier, dis-moi la vérité : est-ce que je suis mort ?
— Ben non. Enfin, si ! Enfin… Qu'est-ce qui se passe ?
— J'ai un problème. Il faut que je fasse un test.

Je lui ai donné rendez-vous devant Beaubourg, non loin du bar pour lequel je devais rédiger un article, et j'ai pédalé comme un dératé. J'ai traversé un carrefour au rouge et les voitures fonçaient sur moi sans ralentir. J'ai pu les éviter de peu mais personne n'a klaxonné. J'ai poursuivi ma route terrorisé, en roulant au pas et en m'arrêtant à tous les feux. J'ai déposé mon vélib en tremblant devant le MK2, puis je me suis posté au lieu de rendez-vous, en plein milieu de l'esplanade de Beaubourg.

Je me suis mis à attendre Didier, les bras le long du corps, en proie à l'épouvante.

Il est apparu quelques minutes plus tard à un coin de l'esplanade. Je me suis raidi, m'efforçant de ne pas bouger, pour vérifier s'il allait me voir. Il m'a cherché du regard tout en descendant l'esplanade, mais une fois parvenu à une quinzaine de mètres, il m'a aperçu et s'est dirigé vers moi en souriant. Je ne comprenais plus rien.

— Tu m'as vu ?
— Ben oui.

Il a eu un sourire de chien triste.

— Tu voulais tester ton déguisement ?

Il m'a dévisagé de la tête aux pieds, puis a poussé un cri en regardant mes jambes. J'ai baissé les yeux. Le bas de mon pantalon blanc était effectivement rouge de sang.

— C'est rien, c'est des pigeons. Il y a plus grave.
— Quoi ?

J'ai pris mon inspiration.

— Je crois que je suis devenu invisible…
— Qu'est-ce que tu racontes ?

— Les gens me voient plus. Mais par contre je comprends pas pourquoi toi, tu me vois. Tu me vois, hein ?
— Oui.

Didier avait les larmes aux yeux. Je me suis mis à réfléchir.

— Peut-être qu'on fait pas partie du même monde qu'eux… Tiens, attends.

J'ai sorti mon téléphone, et j'ai pris une photo de nous deux, avec Beaubourg en arrière-plan et un peu de ciel. J'ai regardé la photo : on voyait bien le bâtiment. Didier m'a posé la main sur l'épaule.

— Tout va bien, t'inquiète pas…
— Ou alors c'est les gens.

J'ai repris une photo de nous, cadrée plus bas, avec des passants juste derrière nous. J'ai vérifié sur la photo : on voyait tout. J'étais perplexe, et j'ai regardé Didier. Des larmes coulaient sur ses joues.

— Tu veux pas venir vivre un peu avec moi ? On va s'entrai…
— Écarte-toi.

J'ai fait quelques pas et je me suis mis sur la trajectoire d'un passant qui marchait vers Beaubourg en regardant devant lui. Le type a continué à marcher, je n'ai pas bougé, et il m'est rentré dedans.

— Oh, pardon, excusez-moi…

Je me suis tourné vers Didier, les bras grands ouverts.

— Tu vois !

J'ai refait l'expérience avec un autre passant. Il m'est rentré dedans aussi. J'ai pris Didier par la manche, et je l'ai amené jusqu'à un petit groupe d'étudiants qui discutaient en cercle debout devant le bâtiment, tout en fumant une cigarette. Je me suis infiltré dans leur petit cercle et je me suis posté en plein milieu. Ils ont continué à parler et à rire, comme si de rien n'était. Je suis revenu vers Didier. Il avait l'air horrifié.

— Viens.

Nous nous sommes dirigés vers l'entrée du bâtiment. J'ai laissé Didier sur le côté et j'ai contourné la file pour passer devant tout le monde. J'ai attendu que le vigile ait fini de fouiller le sac de la personne devant moi, puis j'ai franchi le portique sans m'arrêter. Personne ne m'a remarqué. Didier m'observait médusé à travers la paroi vitrée. Je me suis mis à gesticuler comme un dément derrière le vigile pour voir si quelqu'un n'allait pas finir par réagir. Mais la vie poursuivait son cours. Ce n'est que quand j'ai touché le bras du vigile par inadvertance, que celui-ci s'est tourné vers moi. Il m'a alors indiqué la porte à droite.

— La sortie c'est par là, monsieur…

J'ai rejoint Didier. Il était blême. Mon cerveau était vide. Je n'arrivais plus à penser. Un homme s'est approché de Didier et lui a demandé du feu. Il n'en avait pas. J'ai tendu mon briquet à Didier, il me l'a rendu après avoir allumé la cigarette du type, et celui-ci a tiqué en voyant le briquet apparaître puis disparaître de la main de Didier. Mon invisibilité se transmettait apparemment aux objets que je touchais. Didier l'a remarqué.

— Ça va pas, François… Il faut qu'on se repose. Je suis sûr que ça va passer. Tu veux pas qu'on aille chez moi ? Moi aussi j'ai besoin de te parler.

Je me suis tourné vers lui, et je l'ai regardé d'un œil mort.

— Excuse-moi. Pas maintenant. Je te rappelle.

J'ai posé ma main sur son épaule et je me suis éloigné rapidement en me fondant dans la foule.

## 12

JE ME SUIS ARRÊTÉ UN PEU PLUS LOIN sur la rue Saint-Martin. Je suis resté planté sur le trottoir, vers le croisement avec la rue aux Ours, et j'ai contemplé cette vie incessante autour de moi, tout ce monde dont je ne faisais plus partie. Pour tous ces gens, ici, à Paris, et aussi sans doute les milliards d'autres êtres humains qui peuplaient la Terre, je n'existais pas. Ils ne me voyaient pas. À part si je les touchais, apparemment. Le processus avait dû être progressif mais j'ai eu une impression étrange en pensant que cela faisait plusieurs semaines peut-être que les gens ne me voyaient pas, que pour eux je n'existais pas, et que je ne m'en étais pas rendu compte. Je n'avais pas vu la différence. Tout ça m'avait paru normal, à quelques bizarreries près. Je me suis demandé si d'autres personnes étaient dans mon cas. Avaient un travail, une famille, mais n'avaient pas encore découvert qu'en fait personne ne s'adressait à eux, qu'ils étaient devenus invisibles. J'avais soif. Je suis entré au G20 et j'ai pris une canette de soda sur l'étagère. J'ai regardé les gens qui faisaient la queue aux caisses, le vigile près de la sortie. Tout cela me paraissait si familier. Je n'arrivais pas à croire que je ne faisais plus partie de leur monde. J'ai emporté la canette et je suis sorti en passant devant le vigile, qui continuait à surveiller les caisses.

Je n'avais pas le cœur à parler. J'ai envoyé un SMS au patron du bar pour repousser notre rendez-vous. Il m'a répondu tout de suite. C'était une consolation : au moins je pouvais parler aux gens par SMS. J'ai ouvert la canette et je me suis dirigé vers le quartier du Marais. Avec la musculation, j'avais pris du volume, il fallait que je renouvelle ma garde-robe. Je suis retourné à la boutique et j'ai repris les mêmes vêtements, une taille au-dessus. J'ai attrapé un sac derrière la caisse en faisant attention à ne pas toucher le vendeur, puis je suis sorti. J'ai fait sonner l'alarme, les vendeurs ont tourné la tête, et ne voyant personne ils ont continué leur travail. Je suis allé voir une fille un peu plus loin qui consultait son portable en attendant le bus.

— Mademoiselle ?

Elle ne m'entendait pas. Je lui ai touché le bras. Elle a relevé la tête.

— Vous auriez une cigarette ?
— Je fume pas, désolée…

Avec le temps, j'ai fini par m'habituer, et par arrêter de me poser des questions. J'ai fait comme j'avais toujours fait : je me suis adapté. J'ai cessé de traverser au feu rouge. Je faisais attention à rester loin du quai dans le métro pour ne pas risquer de me faire bousculer. Et je me contentais de toucher les gens quand je voulais leur parler. Je ne le faisais à vrai dire que pour mon travail, quand je devais rencontrer les patrons de bars ou de restaurants. C'était technique : il fallait toucher le bras juste avant de tendre sa main à serrer, garder le plus longtemps possible la main de l'autre dans la sienne, puis parler en gesticulant de façon à pouvoir toucher régulièrement la personne, et se débrouiller pour s'asseoir rapidement face à face à une table. Je devais ensuite coller discrètement mon pied contre celui de l'interlocuteur et le tour était joué. Il m'arrivait aussi de me contenter de visiter l'établissement incognito, et de poser ensuite mes questions par mail.

Pour le reste, je ne me suis pas compliqué la vie. J'ai tout simplement arrêté de payer. Ça m'évitait de faire la queue au supermarché. Je pouvais prendre tout ce que je voulais, sans réfléchir. Je me suis mis à manger des choses que je n'avais jamais goûtées. J'étais plus curieux. C'était la même chose au restaurant. J'allais en cuisine, et récupérais les assiettes au moment où les cuisiniers les posaient sur le passe-plat pour les tendre au serveur. Parfois, je ne savais même pas ce que j'avais dans mon assiette. À chaque fois c'était la surprise. Je partais en laissant un pourboire.

À force de manger tout le temps au restaurant, je me suis mis à grossir. Je n'avais plus besoin d'avaler des compléments alimentaires pour prendre du volume. J'ai continué à aller à la salle de sport pour transformer toute cette masse en muscle. J'ai résilié mon abonnement, évidemment. Il me suffisait de venir aux heures creuses, et de faire attention à ce que personne ne se dirige vers ma machine. J'ai fini par prendre près de dix kilos de muscles. J'ai dû renouveler encore une fois ma garde-robe. Mes cheveux avaient poussé, j'ai pu jeter la perruque.

Je ne dépensais absolument plus rien, à part pour mon loyer et quelques factures. L'argent s'accumulait sur le compte de Didier. Je ne savais pas quoi en faire. Ça me paraissait absurde de payer si personne ne m'y obligeait. J'ai changé d'ordinateur. J'ai pris un écran plat et un lecteur de DVD. J'avais les moyens maintenant de m'offrir un appartement plus grand, mais je ne voulais pas mettre Jean-Luc et Nathalie en porte-à-faux avec leurs propriétaires. Je passais de toute façon le plus clair de mes journées dehors, à écrire mes articles dans des cafés. Je n'avais plus à attendre des heures en terrasse qu'on vienne prendre ma commande. Je passais derrière le comptoir et me servais moi-même.

Le reste du temps, je me promenais. J'avais une liberté folle, et je voulais en profiter. J'ai traversé la Concorde en slip. Je suis entré à l'Élysée, juste pour utiliser les toilettes. J'allais chercher des liasses de billets à la BNP pour les distribuer aux clochards. Parfois, je me postais sur une place, j'observais la foule, choisissais une personne, puis je la suivais pour passer un moment à observer sa vie. J'allais avec elle au travail. Je mangeais à côté d'elle à la cantine. Je rajoutais des produits dans ses sacs après son passage en caisse. Je la regardais préparer à manger, discuter avec ses enfants, parler à son conjoint. En observant ces couples, qui se connaissaient depuis des années, j'étais surpris. Ils n'avaient pas l'air de s'ennuyer. Ils avaient l'air bien. Je me demandais comment ils faisaient. Par quelle magie ils en étaient arrivés là. Ou pas la magie, non, car il n'y a pas de magie : mais quelle technique ils avaient utilisée.

Mis à part mes clients, je ne parlais à personne. Mais j'allais voir Didier beaucoup plus régulièrement. Ça me faisait du bien d'être vu par quelqu'un. Il faut dire aussi qu'il allait très mal. Les rôles s'étaient inversés. Nous nous retrouvions comme à l'époque de sa sortie de l'hôpital, où j'avais passé beaucoup de temps à m'occuper de lui. Je l'aidais financièrement, bien sûr, puisque mon argent désormais ne me servait plus à rien, mais il me disait qu'il n'en avait pas besoin. Il continuait à être obsédé par cette histoire de Pologne. Ses recherches ne donnaient rien. Il avait fait le tour des épiceries polonaises, des églises. En vain. Il avait passé une annonce à *Dzień dobry*, la gazette polonaise de Paris, comme quoi il était d'origine polonaise et avait perdu la mémoire. Plusieurs femmes l'avaient contacté, se présentant comme son ex-femme.

Elles lui racontaient des histoires abracadabrantes sur les circonstances de sa disparition. Il avait vite compris que ce n'étaient que des Polonaises fraîchement arrivées en France qui cherchaient un mari franco-polonais.

— Et de toute façon, elles m'ont trouvé sinistre.

Ces échecs le minaient. Mais bizarrement, il me faisait le récit de ses péripéties avec beaucoup d'humour, une dérision qui contrastaient avec l'état de plus en plus dépressif dans lequel il s'enfonçait. Nous passions ses week-ends à marcher dans Paris. Je lui parlais des frasques auxquelles je me livrais depuis que j'étais devenu invisible. Comment j'avais pris une douche avec le pape, lors de son passage à Paris. Cela le faisait rire. Tristement, mais rire quand même. Les gens s'écartaient rapidement en voyant cet homme parler dans le vide, hocher la tête, rire, avec ce qu'ils croyaient être un de ces compagnons imaginaires que se créent les gens malheureux. Ça ne le dérangeait pas.

J'avais cessé en tout cas de le sermonner. Je lui disais seulement qu'il ferait peut-être mieux de rencontrer des femmes, au lieu de se focaliser sur ses recherches, qui ne menaient à rien. C'était parce qu'il lui manquait une femme qu'il s'acharnait comme ça sur son identité. S'il avait une femme, il s'en ficherait de savoir s'il venait de Pologne ou du Poitou. Et puis au fond, ça n'avait aucune importance : ce qu'on était, on le choisissait chaque jour. Didier avait posé son regard sur ma tignasse, mes lunettes, ma barbe, ma chemise à carreaux orange et verte et mon pantalon turquoise.

— Ça veut pas dire qu'il faut changer tous les jours.

Je souriais. Mais moi aussi la compagnie des femmes me manquait. J'étais tombé nez à nez une fois avec Roxane, à la terrasse d'un café à côté de Saint-Lazare. Elle s'était assise à ma table, juste en face de moi. J'étais pétrifié, mais son regard était totalement vide. Il était évident qu'elle ne me voyait pas. J'avais reculé discrètement ma chaise pour ne pas risquer que nos pieds se touchent sous la table, et j'étais resté un long moment à l'observer en silence, déchiré de revoir mon amour, et choqué aussi de ne plus exister à ce point, autre part que dans son cœur.

J'avais été aussi tenté de profiter de mon invisibilité pour revoir Marie, mais finalement j'avais manqué de courage. Une fois, dans le hall de son immeuble à Montparnasse, je m'étais figé sur place, incapable de monter les escaliers qui me séparaient de son appartement. Je m'étais contenté de sortir un marqueur et d'inscrire JE T'AIME FRANÇOIS à côté de la porte d'entrée, en contrefaisant mon écriture. C'était une façon de lui rappeler ma présence depuis l'Au-delà. Si par hasard elle découvrait l'inscription en sortant de chez elle avec un garçon, elle l'interpréterait comme un signe mystérieux du Destin, lui prouvant que quelles que soient les aventures qu'elle pouvait avoir, rien ne saurait jamais remplacer l'amour qu'elle éprouvait pour moi.

J'avais beau ne plus boire, quand la solitude était trop grande, je me rendais la nuit dans des bars bondés pour me noyer au milieu de la foule et des bousculades, et pouvoir parler avec des gens sans que le fait que je les touche sans cesse leur paraisse bizarre. J'avais alors remarqué que ma visibilité pouvait par contact se communiquer à plusieurs personnes à la fois. Quand je touchais une personne qui en touchait une autre, j'étais visible des deux. Je pouvais ainsi l'espace de quelques instants avoir des conversations croisées, et plus seulement des face-à-face. C'était une petite bouffée d'air frais, dont je m'efforçais de profiter le plus régulièrement possible. J'étais comme ça retombé sur Sophie, la belle étudiante qui quelques mois plus tôt, à *La Tête à l'envers*, m'avait éconduit en préférant aux miennes les grâces d'un jeune boutonneux bedonnant. À l'époque, j'avais mon crâne rasé, mon bouc et mes vêtements gothiques, et elle ne m'a pas reconnu. J'ai à nouveau engagé la conversation, comme si c'était la première fois. Elle a tout de suite été charmée. Je voyais qu'elle avait envie que je l'embrasse. Mais je pensais encore à Roxane – ainsi qu'à Marie, bien sûr – et je me suis contenté de lui laisser mon numéro de téléphone. Je me suis ensuite décollé de sa hanche, et elle s'est mise à me chercher des yeux. Je ne savais pas si je devais la revoir. Je l'ai suivie quelques jours, par curiosité. Je l'observais en train d'hésiter à m'écrire, sursauter quand elle entendait mon téléphone vibrer à côté d'elle, se précipiter sur le sien quand elle recevait un message ; voyais sa déception quand elle constatait que ce n'était pas moi. Je lui ai écrit une ou deux fois, mais j'ai fini par ne plus répondre. Je savais que rien ne serait jamais possible entre nous, puisque nous serions obligés de rester en permanence en contact physique pour qu'elle puisse me voir. J'ai compris qu'une page de ma vie s'était tournée : je ne pourrais plus jamais avoir de relation avec une femme. J'avais voulu placer l'amour au-dessus de tout ; j'allais devoir en assumer les conséquences.

Je me suis inscrit peu après sur un site de rencontres. L'expérience avec Didier à Beaubourg m'avait montré que je continuais à être visible sur les photos, et c'était la seule solution pour moi si je voulais continuer à m'entretenir avec des femmes sans avoir à nous exposer à mon problème d'invisibilité. Après avoir passé quelques sites en revue, je me suis rendu compte que beaucoup de profils de garçons ne comportaient aucune photographie de visage, c'était parfait. Je suis allé à la Fnac chercher un appareil photo avec de bons objectifs, et j'ai pris des clichés de diverses parties de mon corps, mettant en valeur ma musculature, qui était devenue impressionnante. Plusieurs femmes m'ont rapidement contacté. La plupart souhaitaient me rencontrer très vite. J'ai donc dû couper court, et faire face à une forme d'incompréhension de leur part.

J'ai cru que l'opération allait se révéler un fiasco, mais l'une d'elles, intriguée par ma prose et mon refus de la rencontrer, semblait intéressée par des échanges virtuels, et nous nous sommes mis à nous écrire régulièrement. J'avais tendance naturellement à orienter la conversation vers la thématique sexuelle, car toucher me manquait, mais il nous arrivait aussi de parler de tout et de rien. Elle avait beaucoup de choses à raconter, toujours très drôles. Des anecdotes sur sa vie quotidienne, celle de ses amis, ses impressions sur des films qu'elle avait vus. Je lui parlais des faits divers cocasses que je lui disais avoir rapportés dans *20 minutes* et *Metro*. Elle les avait lus aussi, et nous en riions ensemble.

Elle était terriblement belle. C'était troublant, à force de correspondre quotidiennement, de se sentir si proche d'une femme si désirable, et de ne jamais pouvoir la toucher. Elle me disait que ça la troublait aussi. Elle s'appelait Anna. Elle avait 25 ans et elle était infirmière. J'avais bien fait de mentir en indiquant 32 ans sur mon profil, car elle m'avait demandé, dans l'hypothèse (qu'elle n'excluait pas) où nous nous rencontrions un jour, si la différence d'âge ne poserait pas un problème.

Au bout d'un moment, j'ai voulu tout arrêter. Nous commencions à nous connaître et nous entendre trop bien. Nos échanges aussi devenaient de plus en plus sexuels. Nous fantasmions beaucoup trop sur la façon dont pourrait se dérouler notre rencontre, si elle avait lieu. Et puis un jour, j'ai fini par craquer. Je lui ai proposé un rendez-vous.

# 13

J'AI VÉCU DANS L'ANGOISSE les jours qui précédaient notre rencontre. C'était une folie. Je ne pourrais jamais réussir à rester en permanence en contact avec elle. J'allais disparaître sans cesse. Et même si nous parvenions à discuter le temps d'un verre, je savais qu'à terme cela ne pourrait mener à rien. Elle allait forcément finir par se rendre compte que j'étais invisible. Elle allait devenir folle. Ou elle prendrait peur. Dans tous les cas, elle me quitterait. J'ai hésité à annuler.

J'y suis allé quand même. Nous avions rendez-vous à 15 heures 30 au *Café fusée*, à côté de Beaubourg. C'était le début du printemps. Le soleil brillait. Anna était assise en terrasse, un livre à la main, en train de boire une pinte. Je me suis avancé jusqu'à sa table et j'ai posé ma main sur la sienne. Elle a sursauté.

— Anna ?
— François ? Pardon, je t'ai pas vu arriver…

J'ai lâché sa main et nous nous sommes fait la bise. J'ai disparu un bref instant le temps de passer d'une joue à l'autre et elle a été troublée, comme si elle avait reçu un choc électrique. J'ai posé ma main sur son bras, elle a souri et quand je me suis assis j'ai tout de suite placé mon pied contre le sien. Elle me dévisageait avec curiosité, car de fait elle n'avait jamais vu mon visage. Je souriais. Ça faisait tellement longtemps qu'une femme ne m'avait pas regardé. Elle s'est mise à rire.

— Qu'est-ce qu'il y a ?
— Rien. C'est juste que je me disais qu'en fait c'était pas grave que t'aies pas mis de photo de toi sur ton profil. De toute façon, avec tes cheveux, ta barbe et tes lunettes, on voit pas beaucoup ton visage…

Elle était encore plus belle que sur ses photos. Elle avait de larges pommettes qui creusaient légèrement son visage, de grands yeux verts un peu globuleux, des cheveux bruns mi-courts qui tombaient sur ses joues, et des lèvres pleines adorables. Elle avait l'air aussi beaucoup plus jeune. Elle a souri d'un air gêné, et m'a dit qu'elle avait un peu exagéré sur son âge.

— Jusqu'à quel point ?
— J'ai 19 ans.

Je me suis mis à rire, car j'étais soulagé qu'elle ait menti elle aussi, et je lui ai dit que j'en avais 38. Elle a ouvert un peu plus grand les yeux, puis a fait une moue d'indifférence.

— On a menti de six ans chacun, c'est équitable.

Elle a eu un petit mouvement pour se rehausser sur la banquette, et j'ai perdu le contact avec son pied. Elle a écarquillé les yeux et s'est mise à regarder autour d'elle. J'ai ravancé mon pied pour le coller à nouveau contre le sien. Je suis revenu dans son champ de vision et elle s'est excusée.

— Pardon, j'crois que je suis un peu bourrée…
— C'est pas ta première pinte ?
— C'est la deuxième. J'étais un peu nerveuse…
— Moi aussi.

Elle a gigoté et j'ai disparu à nouveau. Ça ne pouvait plus continuer comme ça. Je me suis assis à côté d'elle tandis qu'elle continuait à me chercher des yeux, et j'ai posé ma main sur la sienne. Elle s'est tournée vers moi, troublée. Elle a ri, puis souri, et nous nous sommes embrassés. Pouvoir enfin toucher la peau de l'autre nous rendait fous. Nous n'arrivions pas à nous détacher. Je voyais du coin de l'œil que les clients du café observaient Anna avec inquiétude. Voir quelqu'un faire tournoyer sa langue dans le vide devait laisser une impression étrange. La serveuse a fini par s'approcher d'Anna et nous a interrompus.

— Ça va, mademoiselle ? Vous vous sentez bien ?

Anna s'est tournée vers elle. Elle était radieuse.

— Très très bien !

La serveuse s'est éloignée, perplexe. Mais c'était dangereux, et tout en restant collé à elle, je me suis efforcé de reprendre la conversation pour éviter d'attirer l'attention sur nous. Je lui ai demandé si elle était vraiment infirmière, ou si elle avait menti aussi là-dessus. Elle m'a répondu qu'elle ne m'avait menti qu'à moitié : elle était en école d'infirmière. Quand elle avait eu son bac, elle ne savait pas quoi faire, et s'était dit que soigner les gens, ça pouvait être une bonne façon d'occuper sa vie. Je lui ai répondu que ça ne m'étonnait pas. Elle avait l'air très douce. Elle a ri et m'a répondu qu'il ne fallait pas s'y fier. Pour me prouver qu'elle pouvait aussi être terriblement méchante, elle s'est mise à me faire des grimaces horribles. C'était effectivement effrayant. Je me suis mis à rire moi aussi et je lui ai demandé si je pouvais la photographier. Elle s'est prêtée volontiers au jeu, j'ai sorti mon téléphone et j'ai pris plusieurs photos où elle avait l'air terriblement folle, inquiétante. J'en ai presque eu peur moi-même. Je lui ai dit qu'elle devrait peut-être arrêter ses études pour devenir comédienne. Ou tueuse en série. Elle s'est remise aussitôt à rire, et je n'ai plus osé la photographier. Elle était trop belle, c'était déchirant. Tout cela l'avait mise en joie, elle a fini sa pinte d'un trait et a fait signe à la serveuse.

— Je voudrais une autre pinte, s'il vous plaît.

Anna s'est tournée vers moi.

— Tu veux quelque chose ?

La serveuse, voyant Anna s'adresser au mur, lui a répondu d'un sourire gêné.

— Je crois que vous feriez mieux de rentrer chez vous…

C'était intenable. Nous ne pouvions pas rester là. J'ai posé ma main sur la joue d'Anna.

— Je crois qu'elle essaie de nous faire comprendre qu'il vaudrait mieux qu'on aille chez toi.

Anna m'a regardé, haletante, puis m'a embrassé avec fougue. La serveuse a débarrassé son verre en soupirant, Anna a laissé un billet sur la table et nous nous sommes levés. Elle est partie devant moi et j'ai hâté le pas pour la rejoindre avant qu'elle se retourne. J'ai posé ma main sur ses hanches. Elle avait une robe courte, moulante. Je l'ai sentie frissonner. Nous nous sommes embrassés à nouveau, et pendant tout le trajet jusqu'à chez elle, je n'ai pas cessé de lui caresser la main, le bras, le cou, de la prendre par la taille, d'effleurer ses fesses et ses jambes. Après des semaines de virtualité, ces contacts nous enivraient. Quand nous sommes arrivés dans son petit appartement de la rue du Sentier, dans le 2e, elle s'est jetée sur moi et nous nous sommes retrouvés nus dans le lit sans nous être détachés l'un de l'autre un seul instant.

Je m'étais trompé. J'avais pensé que mon problème d'invisibilité finirait inéluctablement par nous séparer. C'est exactement le contraire qui s'est produit. Loin d'être un handicap, mon invisibilité est devenue le ferment même de notre relation. Devoir être sans cesse à son contact pour ne pas disparaître m'obligeait à concentrer toute mon énergie sur nos corps. Elle me disait que personne ne l'avait jamais touchée comme je la touchais. Elle devenait folle. Je devenais fou, moi aussi. Et cela nourrissait notre désir. Parfois, alors que nous marchions nus dans sa pièce, je m'écartais d'elle à dessein pour disparaître un instant. Elle avait l'air alors si apeurée que quand je reposais soudain ma main sur son corps et réapparaissais face à elle, ce contact l'électrisait. Notre désir était insatiable. Nous passions des journées entières enchevêtrés comme deux plantes. Nous en sortions hagards, ruisselants de sueur, la main inerte sur le corps de l'autre. Nous restions ensuite enlacés sur le lit à discuter et à rire.

Quand nous ne faisions pas l'amour, elle parlait presque sans discontinuer et j'adorais ça. Ce qu'elle disait n'était pas toujours très intéressant, mais elle était tellement pleine de vie. Et j'étais si vieux. J'approchais des 40 ans. J'avais déjà eu une attaque cardiaque. J'avais conscience que j'allais bientôt mourir. Mais être avec elle, sentir sa main posée sur mon torse, sur mon dos, me donnait l'impression que j'allais mourir dans très longtemps. Que je commençais une nouvelle vie. Que j'avais moi aussi 19 ans. C'était à vrai dire tout le contraire, car c'était précisément mes quelques cheveux blancs qu'elle aimait. Ils lui donnaient l'impression qu'elle avait 30 ans, et pas 19. Qu'elle était une femme, et pas une gamine. C'était un formidable malentendu.

Elle semblait parfois regretter que nous passions tout notre temps chez elle ou chez moi. Que nous ne sortions pas plus souvent ensemble, au cinéma, ou dans des cafés. Il m'était parfois arrivé de la suivre incognito dans la rue, et de poser soudain ma main sur son bras, faisant mine de la rencontrer par hasard. Je l'embrassais avec fougue, et prétextais être en retard à un rendez-vous pour repartir très vite en profitant de la cohue pour me fondre dans la foule. Je voyais alors comment elle me cherchait du regard, décontenancée par la fulgurance de mon apparition. Elle sortait profondément troublée de ces rencontres furtives, qui lui confirmaient cette impression que quelque chose de purement chimique nous reliait l'un à l'autre. Elle n'en était que plus impatiente de me retrouver, et plus émue quand, le soir, en m'ouvrant la porte, elle ne me voyait pas avant de sentir d'un seul coup ma main sur sa joue. Mais c'était trop délicat de devoir rester en permanence à son contact quand nous étions en public. Je n'avais pas le choix. Et je ne pouvais pas le lui dire. Je me contentais de lui expliquer que j'étais incapable de résister à l'attraction que j'éprouvais envers elle. Que j'étais sans doute malade. Que je ne savais pas ce que j'avais.

C'était vrai. J'étais sous son emprise. Je dépendais entièrement d'elle. Elle était la seule personne qui me reliait au monde. Avec qui j'existais pleinement. Quand elle n'était pas là, je n'étais plus rien. Je n'étais qu'un esprit qui tournait en rond sur lui-même, comme des chaussettes sales dans un tambour de machine à laver. Ma vie n'avait jamais autant dépendu d'une femme. Nous n'étions qu'un seul être, qu'un seul corps. Ou plutôt, je n'étais qu'une excroissance du sien. Et c'était avec une joie immense, confondante, que je m'imaginais passer avec elle le restant de ma vie.

J'ai fini par le lui dire. Que je l'aimais comme un fou. Que je voulais vivre avec elle. C'était un matin. Le soleil filtrait par la fenêtre et tombait sur son visage. Elle s'est mise à pleurer, et m'a dit qu'elle m'aimait elle aussi. Qu'elle n'avait jamais senti ça avec personne. Que j'étais l'homme de sa vie.

Nous avions le vertige. Nous nous sommes embrassés passionnément, et nous sommes restés la journée entière enlacés, incapables de décoller nos bouches l'une de l'autre. Et puis, tard dans la nuit, alors que nous étions étendus nus l'un à côté de l'autre, anéantis, j'ai vu Anna froncer les sourcils en regardant vers la couette.

— François…
— Quoi ?

Elle s'est frotté les yeux, a regardé à nouveau la couette, puis s'est tournée vers moi, apeurée.

— Je vois plus ton bras.

J'ai tourné la tête. Elle avait raison : moi non plus je ne voyais plus mon bras. Juste après le coude, tout avait disparu. J'ai remué la main, incrédule. Je continuais à la sentir. J'ai même pu frotter mes doigts l'un contre l'autre. Mais je ne les voyais pas.

— Qu'est-ce que tu racontes… Attends, ma chérie.

J'ai posé ma main visible sur les yeux d'Anna, et je me suis mis à agiter l'autre dans tous les sens. En vain. Mon bras se terminait toujours peu après le coude. J'ai essayé d'allumer la lampe de chevet avec ma main disparue. Ça marchait. Péniblement, mais ça marchait. En revanche, je ne voyais toujours pas ma main ni mon avant-bras. Je me suis mis à transpirer. J'ai agité à nouveau le bras. Il n'y avait toujours rien. J'ai compris que j'allais disparaître en entier. En proie à la panique, j'ai pris Anna dans mes bras et je me suis blotti contre sa peau, la serrant de toutes mes forces. La tête me tournait.

— François, qu'est-ce qui se passe…

J'ai crispé les mâchoires et j'ai fermé les yeux de rage, mais quand je les ai rouverts, j'ai vu que mon bras était réapparu. Faiblement, mais il était là. J'ai souri à Anna, et je me suis blotti à nouveau contre elle en observant mon bras : il réapparaissait à vue d'œil. J'ai attendu qu'il soit tout à fait réapparu, puis je me suis composé un visage rassurant et je me suis écarté d'Anna pour lui répondre.

— Mais rien… Regarde : il est là.

Anna a vu mon bras et a soupiré de soulagement.

— J'ai cru que je devenais folle…
— On est crevés, c'est pour ça. On ferait mieux de dormir.

J'ai attendu qu'elle s'endorme, puis je me suis levé et je lui ai laissé un mot sur la table, où je lui expliquais que j'avais reçu un appel de mon demi-frère. Il ne se sentait pas bien, et il avait appelé les pompiers. Il fallait que j'aille le voir. J'avais préféré ne pas la réveiller. Je lui ai dit qu'on se retrouverait après-demain, comme prévu. Que je l'aimais follement. Pour l'éternité.

J'ai jeté un dernier regard dans la pièce et je suis sorti. Je voyais toujours ma main, mais elle était devenue floue. J'ai descendu la rue d'Aboukir en titubant. Ma main était de moins en moins nette. Je l'ai posée sur l'épaule d'un clochard qui dormait contre un mur. J'ai vu ma main se recomposer peu à peu. Le clochard a fini par se réveiller, j'ai avalé deux anxiolytiques et je suis rentré chez moi.

J'ai été réveillé le lendemain matin par un SMS d'Anna :

> *J'espère que tout va bien pour ton demi-frère. Je t'embrasse. Je t'aime.*

J'ai réalisé avec terreur que mon téléphone était suspendu dans le vide : ma main et mon avant-bras avaient à nouveau disparu. Je me suis précipité dans la rue, et je me suis affalé sur un passant, en feignant un malaise. Celui-ci m'a soutenu quelques pas jusqu'à un banc. Je me collais à lui.

— Vous voulez que j'aille vous chercher quelque chose à boire, à manger ?
— Non. Restez juste avec moi.

Au bout de quelques minutes, j'ai relevé discrètement la manche de ma chemise : mon avant-bras et ma main étaient réapparus. J'ai dit à l'homme que je me sentais mieux.

— Merci.

J'ai dégluti. Il n'y avait pas d'issue. J'allais disparaître. Anna n'y pourrait rien, puisque j'étais avec elle quand le phénomène s'était déclaré. Je ne pouvais non plus lui avouer la vérité. Elle me prendrait pour un fou. Ou elle se dirait que notre histoire n'avait pas été réelle. Qu'elle avait dû la rêver, avoir connu quelques semaines de démence, d'hallucinations. Et inéluctablement, elle cesserait de m'aimer.

# 14

J'AI APPELÉ DIDIER pour lui dire qu'il fallait que je le voie à sa sortie du travail, puis je suis allé directement à l'agence de Jean-Luc et Nathalie. Je me suis arrêté quelques mètres avant, et j'ai regardé mon bras. Il commençait déjà à devenir flou. D'ici peu de temps, je n'aurais plus à déménager pour disparaître. L'invisibilité allait gagner le coude, l'épaule. Un jour peut-être je ne serais plus qu'une jambe, trottinant esseulée sur le pavé, avant l'évaporation finale. D'ici là, j'allais devoir vivoter au contact de Didier. S'il ne se suicidait pas avant, tant il était lui-même complètement noyé dans la dépression à cause de son problème d'identité. J'allais connaître une fin misérable. Peut-être même me mettre à faire des puzzles.

Je me demandais comment j'allais faire avec Jean-Luc et Nathalie pour leur cacher mon invisibilité. Ils étaient deux, et leurs bureaux de toute façon étaient beaucoup trop grands pour que je parvienne à rester en contact sous la table avec leur pied. J'étais sur le point de renoncer quand j'ai vu soudain Nathalie sortir de l'agence avec un client. J'ai décidé de tenter ma chance. Jean-Luc était à son bureau, une cigarette aux lèvres, en train de travailler devant son ordinateur. Sartre somnolait sur une chaise dans le couloir. Je suis allé directement vers lui. J'ai pris un anxiolytique dans ma poche, j'en ai détaché un petit bout que j'ai déposé au creux de ma main invisible, et je l'ai collée contre le museau du chien. Celui-ci s'est réveillé, et sentant ma main s'est mis instinctivement à la lécher, avalant l'anxiolytique. Quelques secondes plus tard, il dormait à poings fermés. Je l'ai pris dans mes bras et je me suis glissé sous la table pour poser l'arrière-train de Sartre sur le pied de Jean-Luc. Je me suis ensuite installé sur la chaise face à lui et j'ai placé mon pied sous le museau de la bête. Instantanément, ma visibilité s'est transmise de Sartre à Jean-Luc, et celui-ci a sursauté en voyant quelqu'un face à lui. Il a éteint sa cigarette.

— Excusez-moi, je ne vous avais pas vu…

Il a ensuite froncé les sourcils, et s'est mis à me dévisager plus attentivement.

— François ?
— Oui.

Il a éclaté de rire en voyant mon accoutrement. Il ne m'avait pas du tout reconnu. J'avais croisé les bras pour cacher ma main invisible, et je me suis mis à rire moi aussi.

— C'est comme ça, c'est Paris… Il faut suivre la mode si on veut rester dans le coup.

Jean-Luc a secoué la tête avec fatalisme.

— Après le corbeau, le perroquet… En tout cas, j'aime mieux quand c'est coloré comme ça. Tes vêtements de croque-mort, là, c'était un peu sinistre. Pardon, hein, mais c'est vrai.

Je n'ai pas pu le contredire. Il m'a demandé ce qui m'amenait. Ce n'était tout de même pas pour changer d'appartement à nouveau ? J'ai battu timidement des cils et j'ai baissé la tête.

— Si…

Jean-Luc a soupiré, exaspéré. Il m'a dit que ça suffisait. Ce n'était pas bon pour eux, pour leurs rapports avec les propriétaires. Ils allaient se griller complètement. Il fallait que j'arrête, maintenant. Je ne pouvais pas enchaîner les appartements comme j'enchaînais les filles.

— Tu imagines, si tu changeais d'appartement à chaque fois que tu changes de fille ?

Je lui ai dit que cette fois, c'était particulier. C'était une question de vie ou de mort.

— Je suis en danger, Jean-Luc.

J'étais harcelé par une ex qui n'avait pas accepté que je la quitte. C'était une folle dangereuse. Elle avait des accès de délire extrêmement violents. J'avais peur pour ma vie. Je vivais dans l'angoisse. J'avais déjà changé de numéro de téléphone, mais elle savait où j'habitais. Elle faisait le siège devant la porte de mon studio avec un marteau.

— C'est une psychopathe. Elle a fait trois ans d'HP.

J'ai sorti mon téléphone pour lui montrer les photos d'elle que j'avais prises lors de notre première rencontre au *Café fusée*, quand elle s'était mise à faire des grimaces. Je le lui ai donné, et il s'est mis à blêmir.

— Mon Dieu… Quelle horreur. Effectivement.
— Vas-y, regarde, il y en a plusieurs.

Je voyais qu'il commençait à être convaincu par mes arguments, mais alors qu'il continuait à faire défiler les photos, il s'est soudain figé sur l'une d'elles un long moment.

— C'est qui ce type ?

Il m'a montré la photo : c'était celle que j'avais prise avec Didier à Beaubourg.

— C'est mon demi-frère.
— T'as un demi-frère ?

Je lui ai expliqué comment nous nous étions rencontrés, et que si je disais qu'on était demi-frères, c'est parce qu'il trouvait qu'on se ressemblait un peu. Jean-Luc était plongé dans ses pensées. Il ne quittait pas la photo des yeux.

— C'est vrai que vous vous ressemblez…

Je ne voyais pas où il voulait en venir, d'autant plus que ça n'avait aucun rapport avec Anna. J'ai voulu lui reprendre mon téléphone.

— Il faut absolument que je montre ça à Nathalie quand elle reviendra.
— Pourquoi ?

Jean-Luc a reposé le téléphone sur la table et a levé les yeux vers moi.

— C'est un ancien locataire.

Un frisson m'a parcouru l'échine.

— Il était venu nous voir, il y a deux ans. Il venait d'arriver à Paris. Il cherchait un appartement.

Jean-Luc m'a raconté que quand il était entré dans l'agence, Nathalie et lui avaient cru voir apparaître un fantôme. Le type était complètement dévasté, au fond du trou. Au moment de présenter son dossier, il avait fondu en larmes. Jean-Luc et Nathalie, émus, l'avaient réconforté, et il avait vidé son sac. Jean-Luc a secoué lentement la tête.

— J'ai jamais rencontré quelqu'un qu'en avait autant pris sur la gueule…

Sa vie était un vrai roman de Zola. Il était né à Charleville-Mézières. Ses parents, qui venaient de Pologne, étaient morts dans un accident de voiture quand il avait 15 ans. Le type n'avait pas de famille en France. On l'avait placé jusqu'à ses 18 ans. Il s'en était sorti. Il avait réussi à faire des études, il était devenu aide-comptable. Il s'était marié avec une fille qu'il connaissait depuis l'adolescence, et qui était elle aussi de l'assistance. Elle était tombée enceinte. Ils étaient heureux. Ils allaient pouvoir construire une nouvelle famille. Mais, à l'accouchement, son cœur avait lâché et elle était morte en donnant naissance à leur fils. Il s'était retrouvé tout seul avec un enfant sur les bras. Il s'en était occupé comme il pouvait. Après la mort de ses parents, de sa femme, c'était la dernière chose qui le reliait à la vie. Il lui avait tout donné. Ce qu'il n'avait pas eu le temps de donner à ses parents, pas eu le temps de donner à sa femme. L'enfant grandissait. C'était sa joie. Et puis, à quatre ans, on lui a détecté une leucémie. Il est mort un an après.

— Et alors… il s'est effondré.

Il n'avait même pas été capable d'aller à son enterrement. Et c'était presque ça qui le faisait le plus souffrir. Il ne se le pardonnait pas. Il avait fait plusieurs tentatives de suicide. Il avait perdu son travail. Il était resté quelque temps en maison de repos puis, quand il avait commencé à se relever un peu, les médecins lui avaient conseillé de changer d'environnement. De ne pas rester dans cette région où tout lui rappelait sans cesse ce qu'il avait enduré, ce qu'il avait perdu. C'était quelqu'un de courageux. Il avait essayé de se reprendre en main. Il avait réussi à trouver un nouveau travail, à Boulogne.

— C'est comme ça qu'il est arrivé chez nous.

Jean-Luc s'est tu un instant, a baissé les yeux pour regarder à nouveau la photo de Didier sur mon portable, puis il a soupiré et a repris son récit.

— On lui a trouvé un appartement. On a signé les papiers. Il a versé la caution, le premier loyer. Puis on n'a plus jamais entendu parler de lui.

Au premier loyer non payé, ils lui avaient envoyé des relances, par mail. Ils avaient été indulgents, ils savaient qu'il n'allait pas bien. Au deuxième loyer non payé, ils s'étaient inquiétés et avaient essayé de l'appeler. Son numéro n'était plus attribué. Ils avaient appelé le cabinet d'expert-comptable. On leur avait répondu qu'ils n'avaient eu aucune nouvelle de lui depuis l'entretien d'embauche. Il ne s'était pas présenté à son premier jour de travail. Ils s'étaient contentés de le dénoncer à Pôle emploi, puis l'avaient remplacé. Jean-Luc et Nathalie avaient alors alerté la police. Mais ils n'avaient pas retrouvé sa trace, ni à la morgue, ni parmi les personnes disparues. Jean-Luc a soupiré.

— Évidemment, puisqu'il était vivant. Et que le cabinet n'avait pas lancé d'avis de recherche.

Jean-Luc s'est étonné que l'hôpital n'ait pas prévenu la police. Je me suis mis à trembler, et je lui ai répondu que c'était de ma faute. Quand il était arrivé à l'hôpital, j'étais sur le point d'en sortir. Il avait l'air de s'être remis physiquement du choc, et semblait juste avoir besoin de soutien.

— C'est moi qui l'ai convaincu de ne pas s'éterniser là-bas…

Il avait vécu quelque temps avec moi, dans l'appartement de la rue des Pyrénées que Jean-Luc et Nathalie m'avaient trouvé quand j'étais venu les voir. Je n'avais pas osé le leur recommander quand il a cherché un appartement, car il n'avait pas eu envie de faire des recherches sur son identité, et avait préféré se procurer des faux papiers à Barbès pour reprendre un nouveau départ. Je n'avais pas voulu les mettre en porte-à-faux en leur recommandant quelqu'un qui avait des faux papiers. Mais maintenant que je savais tout ça, je me sentais coupable. Je n'aurais jamais dû le faire sortir de l'hôpital.

Jean-Luc avait les larmes aux yeux. Il m'a consolé en me disant que c'était peut-être mieux que personne n'ait pu le retrouver, et le remettre face à ses traumas.

— Il est toujours amnésique ?
— Oui.
— Comment il va ?

Je lui ai répondu que depuis que je le connaissais, il avait toujours été sombre, mais que je le sentais décliner de plus en plus. Il avait découvert par hasard qu'il comprenait le polonais. Il s'était mis à faire des recherches. Il n'avait rien trouvé, mais ça le minait. Je me faisais du souci. Je l'aimais beaucoup. Didier de fait était mon seul ami.

— Didier ?

Jean-Luc s'est mis à fouiller dans ses archives, et il a retrouvé son fichier.

— Il s'appelle Thomas. Thomas Robak.

Il m'a tendu toute la paperasserie que Didier avait dû leur fournir pour louer l'appartement. J'ai observé les documents avec stupéfaction, en découvrant que la vie passée après laquelle Didier courait depuis des mois avait toujours été à portée de ma main. Je me suis mis à pleurer. Jean-Luc me regardait avec tendresse. Il m'a dit qu'ils avaient peut-être quelque chose pour moi. Mais c'était la dernière fois, vraiment.

— Je te promets.

Jean-Luc a regardé sur son ordinateur. C'était un appartement situé juste à côté d'ici, à deux pas de la place Sainte-Marthe. Je n'ai même pas réfléchi et je l'ai remercié. Je lui ai fait tous les chèques, il m'a donné les clés. J'ai fourré les papiers de Didier dans mon sac, et j'ai constaté qu'au contact de Sartre, mon avant-bras et ma main étaient à nouveau visibles.

— François ?
— Oui.
— Tu vas lui dire ?
— Je sais pas…

Je me suis levé sans réfléchir. Je n'étais plus en contact avec Sartre et j'ai aussitôt disparu. Jean-Luc interloqué me cherchait des yeux, mais je n'ai pas eu la force de faire des efforts supplémentaires.

— François ?

J'ai récupéré mon téléphone sur le bureau. En le voyant disparaître, Jean-Luc s'est mis à blêmir. Il a allumé précipitamment une cigarette. Je suis sorti de l'agence.

J'ai passé la journée sur un banc en haut du parc de Belleville, atterré par ce que Jean-Luc venait de m'apprendre. J'avais honte d'avoir pu penser que Didier était pédophile. Je revoyais tout sous un nouvel angle. Ma propre situation en comparaison m'apparaissait presque dérisoire. Ma main cependant au bout de quelques heures avait à nouveau disparu. Le phénomène gagnait lentement le poignet. J'ai attrapé un pigeon et je l'ai gardé dans mes mains pour faire réapparaître mon membre. Ça marchait. Mais de moins en moins longtemps. Je ne voyais pas d'issue. Anna, qui plus est, m'avait récrit.

*François ? Tout va bien ?*

Je me suis consolé en me disant qu'elle m'aimait, et qu'une fois que je lui aurais annoncé ma mort, je serais sûr qu'elle m'aimerait toujours. De là où j'étais, sur les hauteurs du parc, je voyais tout Paris qui s'étalait devant moi : au loin, là-bas, il y avait Marie à Montparnasse, Anna était à Sentier, et Roxane à Lamarck, un peu plus loin sur la droite. Toutes m'aimaient. J'allais certes bientôt cesser de vivre, ou d'exister en tout cas, mais je ne regrettais pas d'avoir préféré l'amour à la vie. Je me suis souvenu de mes angoisses, à l'époque où je laissais la vie polluer l'amour. Au moins, maintenant, même si je n'existais plus, j'étais calme. Et puis, de toute façon, je savais que l'homme s'habitue à tout. J'allais finir par m'adapter aussi à cette invisibilité. Ce n'était pas la mort.

La fin de la journée approchait. J'ai hésité à proposer un rendez-vous quelque part à Didier. Mais puisqu'en fait personne à part lui ne pouvait me voir, je me suis dit que je ne risquais pas grand-chose et que ça ne servait plus à rien de continuer d'éviter son quartier. Il suffirait juste d'être attentif et de veiller sur la route à ne toucher personne. Je me suis levé, et j'ai descendu la rue des Pyrénées d'un pas lourd en direction du quartier du Père-Lachaise.

Cela faisait longtemps que je n'étais plus revenu chez Didier. Ma dernière visite datait d'il y a presque un an maintenant, à l'époque de ma première mort. En découvrant son appartement, j'ai été effaré. Didier avait brisé tous ses puzzles, et vidé toutes les boîtes. Les morceaux épars formaient comme une gigantesque mosaïque sur le sol, au milieu des canettes et des bouteilles de vin vides. Un saucisson à l'ail moisi traînait dans une assiette en carton. Les meubles étaient recouverts de poussière. Didier était assis au bord du canapé, voûté. Une cigarette fumait toute seule au bout de ses doigts. Devant lui, un grand cendrier débordait de mégots.

En le voyant dans cet état, je me suis rendu compte que je n'aurais pas le cœur de lui dire la vérité sur son passé. J'avais du mal à imaginer que lui révéler qu'il avait perdu ses parents à 15 ans dans un accident de voiture, que sa femme était morte en couches, et son fils à 5 ans d'une leucémie puisse avoir sur lui un quelconque effet positif.

J'ai posé mon sac sur la table et je me suis assis à côté de lui. Je lui ai demandé comment il allait. Il s'est tourné vers moi et m'a regardé d'un œil vide.

— J'arrive plus à vivre.

Il en avait assez de tout. De son travail au cimetière. De ses puzzles. De cet appartement. Il avait envie de voir des gens. Des gens vivants. Pas des morts, ni des tombes. Il ne supportait plus ce travail. Maintenant que les beaux jours étaient revenus, il passait tout son temps libre dans les squares, à regarder les gens, les enfants.

— Ils sont tellement pleins de joie.

Les larmes me sont montées aux yeux. Mon sac était là, face à lui, avec à l'intérieur les photocopies de tous ses documents d'identité, ses feuilles d'impôt. Je ne savais pas comment l'aider. Je lui ai dit d'une voix douce qu'il avait raison, que ce n'était pas une bonne chose de rester enfermé ici. Qu'il fallait sortir le plus possible. S'il voulait, on pourrait aller ensemble à la Foire du Trône pour voir un peu de monde et se changer les idées ? La cendre de sa cigarette est tombée sur les pièces de puzzle éparses qui gisaient à ses pieds.

— Pourquoi pas. On peut y aller vendredi après-midi, si tu veux. J'ai posé un congé.

Je lui ai répondu que je ne pouvais pas, j'avais rendez-vous dans un bar vers Oberkampf et la rue Saint-Maur. Je me suis rendu compte aussitôt que ce travail maintenant m'apparaissait complètement dérisoire, mais je n'avais pas la force de réfléchir et je lui ai proposé de nous retrouver samedi. Il m'a dit D'accord et a ensuite plissé légèrement les lèvres en guise de sourire.

— C'est gentil de penser à moi. Moi aussi, tu sais, je pense à toi.

J'ai souri à mon tour, puis j'ai pris mon inspiration, et je lui ai parlé d'Anna. Il s'est crispé.

— Non. Non, François. Il faut plus…

Je lui ai expliqué qu'avec Anna, c'était différent. Ça n'avait rien à voir avec les fois précédentes. Et puis, surtout, que ce serait la dernière. Pas parce que je le lui promettais, mais parce que j'allais disparaître. Pour de bon. Que c'était la dernière chose que je pourrais lui demander. Et qu'après, il ne me verrait plus jamais. J'allais m'évanouir au monde. M'éparpiller. Devenir poussière, comme les cendres de *L'Équipe* que Roxane avait répandues sur les roses trémières du square Maurice-Gardette. Voire pire, puisqu'on ne les verrait même pas.

— Qu'est-ce que tu racontes ?

J'ai relevé la manche de ma chemise et je lui ai montré mon bras. Il s'est mis à pâlir. L'invisibilité avait gagné mon coude, et la zone jusqu'à mon biceps était floue.

— Qu'est-ce qui se passe ?
— J'ai dû aller trop loin. Je sais pas. Peut-être que l'amour, ça provoque ça.

Il a eu l'air apeuré.

— C'est comme ça depuis quand ?
— Hier soir. Au début c'était que la main et l'avant-bras. Le coude, là, c'est nouveau. Ça progresse…

Didier a essayé de toucher mon bras, et il a reculé soudain sa main. Il le sentait. C'était juste qu'on ne le voyait plus.

— Mais bizarrement, quand je touche quelqu'un, ça finit par revenir.

J'ai posé ma main invisible sur sa cuisse, et une dizaine de minutes plus tard le coude et l'avant-bras étaient réapparus.

— Mais ça reste visible de moins en moins longtemps.

Didier s'est tourné vers moi, comme s'il fallait qu'il fasse quelque chose très vite.

— Y a rien à faire, Didier.

Il a baissé la tête, cherchant une solution.

— Peut-être, que si j…
— Non. Je vais devoir disparaître, c'est comme ça. Mais avant, il faudrait que t'appelles Anna. Je veux pas partir sans être sûr qu'elle m'aimera toujours.

Didier a relevé la tête avec une expression de douleur inconsolable.

— François, s'il te plaît… J'en peux plus. Toutes ces morts, là…

Il a hoché la tête avec impuissance, sans réussir à finir sa phrase, et je me suis mis à frissonner, de peur que sa mémoire ne refasse surface. Je n'ai pas voulu insister. Je comprenais. Et je ne lui en voulais pas. C'était à moi que j'en voulais, de l'avoir obligé à annoncer toutes ces morts, sans savoir ce qu'il avait vécu. Je me demandais si ce n'était pas en partie de ma faute s'il avait sombré comme ça. J'ai posé ma main invisible sur son épaule.

— D'accord. T'inquiète pas… Je me débrouillerai tout seul.

Il a observé l'espace vide au-dessus de son épaule, puis il m'a regardé d'un air affolé, comme s'il voulait me dire quelque chose, et qu'il n'osait pas. Je me suis levé, j'ai pris mon sac et je me suis dirigé vers la porte.

— François !
— Oui ?
— Qu'est-ce que tu voulais dire ? Tu vas faire quoi ?

J'ai haussé les épaules en guise de réponse. Didier s'est mis à trembler.

— François… Fais pas de connerie…

J'ai souri d'un air résigné et je suis sorti.

# 15

JE N'AVAIS AUCUNE IDÉE encore de la façon dont j'allais bien pouvoir procéder pour annoncer à Anna que j'étais décédé. Mais comme j'avais évoqué que mon demi-frère était à l'hôpital, elle comprendrait que je reste quelque temps sans répondre. J'avais peut-être encore un ou deux jours devant moi. Mon invisibilité allait me poser problème pour trouver un autre complice. Mais je verrais bien. Je trouverais forcément quelque chose.

Je suis allé rapidement à La Muette récupérer quelques affaires dans mon studio, puis je me suis rendu dans mon nouvel appartement de la rue Jean Moinon. C'était un petit bout de rue perpendiculaire à la rue Sainte-Marthe. L'endroit était joli, très calme, presque totalement piéton. Les façades des ateliers d'artistes étaient toutes peintes de couleurs différentes, et s'accordaient très bien avec mes vêtements bariolés. Mais je préférais à nouveau changer d'apparence. Je n'étais pas encore définitivement invisible et Jean-Luc avait raison : mes vêtements multicolores me faisaient vraiment ressembler à un perroquet, d'autant plus avec ce nez imposant que j'avais au milieu du visage, qui à franchement parler n'était pas très loin du bec.

Mon nouvel appartement était minuscule mais bien agencé, avec un sol recouvert de carrelage blanc, le même qu'on trouvait dans la salle de bains. L'unique fenêtre donnait sur la rue piétonne et deux bars, *Le Chahut* et *Le Dixième Degré*. J'étais épuisé. Je me suis allongé sur le carrelage, et je me suis endormi presque aussitôt.

À mon réveil, le lendemain, mon bras droit avait de nouveau disparu, jusqu'à mi-biceps. Anna avait essayé de m'appeler dans la soirée. Je n'avais rien entendu. J'ai pris le métro à l'heure de pointe pour reconstituer mon bras au milieu de la foule compacte des voyageurs, puis je suis allé faire le tour des boutiques chics autour de la place Vendôme. J'ai ramené dans trois sacs Tati toute une batterie de costumes, chemises, cravates et autres souliers vernis. Je suis passé ensuite dans un salon de coiffure du quartier de l'Opéra pour récupérer le matériel dont j'avais besoin. Une fois chez moi, j'ai coupé mes cheveux court en laissant un peu de volume sur le dessus, j'ai appliqué la décoloration au pinceau puis, en attendant que le produit fasse effet, j'ai taillé au ciseau ma barbe foisonnante avant de me raser au plus près, jusqu'à laisser mes joues lisses comme un ongle. Je me suis ensuite rincé les cheveux, j'ai appliqué la couleur, et deux heures plus tard j'avais sur le crâne une merveilleuse chevelure blonde que j'ai soigneusement modelée à la gomina, de façon à la ramener vers l'arrière. J'ai enfilé mon costume gris, ma chemise en popeline doublée soie, une belle cravate sombre et j'ai chaussé mes souliers pointus. Je me suis observé dans le miroir de la salle de bains : c'était parfait. Avec ces cheveux blonds, cette peau fraîchement rasée et ce corps imposant que j'avais développé après ces semaines de musculation, j'ai constaté que je ressemblais encore davantage à Didier, c'était frappant. J'étais certes plus beau, mieux bâti, mais cette appellation de demi-frère ne serait plus totalement usurpée. Son état m'inquiétait. J'avais vraiment peur qu'il se suicide s'il continuait sur cette voie. Mais s'il apprenait la vérité sur son passé, il se suiciderait sans doute aussi. Je ne savais pas quoi faire pour l'aider.

J'ai affiché au mur la carte de Paris et j'ai hachuré les nouvelles zones liées à notre histoire d'amour avec Anna : celles autour de mon appartement de La Muette dans le 16e, de celui d'Anna dans le 2e, ainsi qu'un petit morceau du 15e où se situait son école d'infirmière, et où elle avait l'habitude de sortir boire un verre avec ses copines après les cours. J'ai pris un peu de recul : la ville sur ma carte était maintenant presque totalement rongée par les hachures. Mis à part le quartier où j'habitais et un petit bout du 19e, les seules zones neutres qui me restaient étaient les 7e, 8e et 17e arrondissements, c'est-à-dire les quartiers les plus ennuyeux de Paris. J'ai soupiré. Tout cela n'avait en fait plus aucune importance, maintenant que j'étais devenu invisible. J'ai arraché la carte et je l'ai jetée dans un coin, puis je me suis agenouillé pour pleurer quelques instants. Mon téléphone a sonné. C'était Anna. Je l'ai laissé sonner. On était vendredi. Il fallait que cette histoire soit réglée demain au plus tard.

J'ai essuyé mes larmes, puis je suis sorti pour me rendre dans un bar situé non loin de l'angle entre la rue Saint-Maur et la rue Oberkampf. J'y suis allé en traînant les pieds. Gagner de l'argent n'avait plus grand sens, maintenant que, pour la nourriture et les distractions, je pouvais me servir où je voulais, et que pour le reste les aides sociales suffisaient à payer le loyer et les factures. De toute façon, écrire ou taper à l'ordinateur avec ma main invisible allait se révéler de plus en plus difficile.

Le bar s'appelait *Le Cyclope*. Il tirait son nom du patron, Serge, un type d'une cinquantaine d'années, très facétieux, qui ponctuait chacune de ses phrases d'un clin d'œil de connivence. C'était un ancien comédien, bon vivant, chaleureux, pour lequel mon invisibilité n'a posé aucun problème, puisque même si je m'efforçais de laisser mon pied en permanence contre le sien, Serge ne cessait de toucher son interlocuteur pour le prendre à parti ou illustrer ses propos, agrippant son bras, posant le dos de la main sur sa poitrine, quand il ne le prenait pas tout bonnement par l'épaule.

— J'aime le contact. Les gens ne se touchent plus.

Son bar était désert et il était déjà à moitié ivre. Il s'est mis tout de suite à brailler comme un histrion, oubliant de me parler de son établissement pour m'abreuver d'anecdotes sur sa vie passée de comédien et les célébrités qu'il avait côtoyées. S'il avait ouvert un établissement, ce n'était que pour avoir en permanence un public à sa disposition. Il avait en effet raté sa chance dans sa jeunesse, au fil du temps les propositions s'étaient faites de plus en plus rares, et la scène lui manquait. Il avait l'intention dans son bar d'organiser de petites représentations, des lectures de textes, mais aussi de jouer lui-même chaque soir, derrière le comptoir, un personnage différent, que les clients viendraient écouter tout en buvant un verre.

— Il faut ramener la scène dans la vie, pas l'enfermer dans un théâtre, bordel !

Malheureusement, la formule n'avait pas trouvé son public. Les gens venaient pour boire. Ils n'en avaient rien à faire du théâtre, et dès que Serge se mettait à interpréter son rôle, ils s'éloignaient du comptoir puis finissaient carrément par quitter les lieux. C'est pour ça qu'il avait fait appel à *Cotillon*. Si ça ne prenait pas, il allait dépérir. Il ne voulait pas vivre à moitié, comme un géranium sur un balcon, qui regarde la vie sans pouvoir y participer. Il s'est mis à écarquiller les yeux.

— Y a rien de plus beau que d'être dans la peau d'un autre, d'incarner un autre esprit, une autre histoire que la sienne. Et la transmettre à un public. D'être un passeur. De rêves. D'amour. Un tuyau qui conduit l'amour vers l'autre, comme l'eau dans le robinet, tu vois ce que je veux dire ?

Je voyais tout à fait, et surtout en quoi le bougre pourrait m'être utile. Je lui ai posé les quelques questions d'usage sur les spécificités de son établissement, puis je l'ai pris à part. Je lui ai proposé de lui faire son article gratuitement s'il me rendait un petit service. Je lui ai tout raconté dans les moindres détails. Je lui ai demandé ce qu'il en pensait, s'il s'en sentait capable. S'il aurait les épaules. Il a opiné gravement du chef. Je lui ai ensuite montré les photos que j'avais sur mon téléphone. Je les lui ai même envoyées par SMS, pour qu'il puisse les avoir sur lui au moment de la rencontre. Puis nous nous sommes mis d'accord, et nous avons fixé un rendez-vous.

Je suis sorti soulagé. L'affaire était réglée. C'était inespéré. Tout à ma joie, je suis allé plus loin, à *La Place verte,* me chercher un Perrier derrière le comptoir et je me suis installé en terrasse pour écrire tout de suite l'article sur le bar de Serge. Quelques minutes plus tard, j'ai reçu un SMS de Didier. Il me disait que finalement il était d'accord pour Anna. Qu'il n'approuvait pas, mais que j'étais son seul ami, et que si ça pouvait m'aider à aller mieux, il le ferait pour moi. On allait mal tous les deux. Il fallait qu'on s'entraide. Il se disait que si j'allais mieux, peut-être lui aussi irait mieux, par ricochet. Je lui ai répondu tout de suite que je l'aimais, et que je le remerciais. Je lui ai demandé confirmation pour la Foire du Trône demain après-midi et il m'a dit d'accord. J'avais les larmes aux yeux. C'était beau, la relation qu'on avait tous les deux. J'ai reposé mon stylo. Soudain, j'ai entendu une voix de femme derrière moi.

— François ?

Par miracle, je n'ai eu aucun mouvement instinctif de réaction. Je suis resté immobile face à mon verre. La voix m'a appelé plusieurs fois. Je n'ai pas réagi. J'ai entendu la femme s'approcher, et l'angoisse m'est montée dans l'échine, car j'avais reconnu sa voix : c'était Marie. Elle a posé sa main sur mon épaule. J'ai sursauté et mon stylo est tombé par terre. Je me suis tourné vers elle, feignant la surprise. J'ai vu son visage. Ma poitrine s'est fendue en deux.

— Excusez-moi… Vous n'êtes pas François ?

Elle avait coupé ses cheveux. Ils étaient coiffés très court, à la garçonne. Elle portait un jean, une petite chemise. Elle avait l'air amaigrie. Je lui ai répondu la première chose qui me passait par la tête, d'une voix gutturale, presque cassée.

— Non, je m'appelle Thomas.
— Évidemment… Pardon.

Elle me regardait, éberluée. Elle avait les larmes aux yeux. Je n'arrivais pas à croire qu'elle puisse me voir. Je me suis penché lentement vers le sol pour ramasser mon stylo, sans quitter Marie des yeux. Elle me suivait bien du regard. Elle me voyait. J'ai reposé le stylo sur la table. Je n'osais plus bouger.

— C'est fou ce que vous lui ressemblez…
— À qui ?
— À quelqu'un que j'ai connu.

J'étais tiraillé entre la peur d'être reconnu et l'envie de lui parler. Les mots sont sortis malgré moi de ma bouche.

— Quelqu'un que vous avez aimé ?

Un incendie m'a ravagé la nuque. Je venais de me trahir. Le visage de Marie s'est crispé dans une expression de haine.

— Pourquoi vous dites ça ?
— Parce que… vous avez les larmes aux yeux.
— C'est quelqu'un que j'ai aimé, oui. Il y a un an. Il est mort.

— Pardon…
— Non, vous excusez pas. C'est moi qui suis venue vous chercher.

Je m'en étais sorti de justesse. Je n'ai pas pu m'empêcher d'aller plus loin.

— Et… vous l'aimez toujours ?

Elle a hésité un instant.

— Oui…

Je me suis mis à transpirer. Marie souriait, sans cesser de me dévisager. Elle avait l'air terriblement triste. Elle tremblait.

— Je pensais pas que deux personnes pouvaient se ressembler à ce point… Sauf que lui était brun.

J'ai souri.

— Moi aussi. C'est une couleur.

Elle a hoché la tête. Son regard est tombé sur mes notes. Une lueur a brillé dans ses yeux.

— Vous écrivez ?

— Comment ça ?
— Là…

Elle a montré mes notes.

— Ah, non. Enfin, je prends des notes sur mes performances, pour savoir où j'en suis dans mon programme.

Elle a froncé les sourcils.

— Je fais du culturisme.

Elle a eu un sourire un peu condescendant.

— Ça se voit.

Un silence s'est installé. J'avais peur que la conversation aille trop loin, et que je finisse par me trahir. J'ai fait un mouvement pour me lever.

— Et vous f… Pardon. Vous devez y aller.
— Je vais pas tarder. Mais… allez-y.

Mon verre était à peine entamé. J'en ai bu une longue gorgée.

— Vous faites quoi ? Dans la vie ?
— Je…

Rien ne me venait. Une goutte a perlé sur ma tempe. Mais Marie m'a sauvé d'elle-même.

— Pardon. Je vous ennuie avec mes questions. Je comprends, c'est... On se connaît pas. Je suis désolée, c'est à cause de la ressemblance, ça m'a...
— Je vous en prie. Je... comprends.
— Je vais y aller... Pardon. Merci.

Elle continuait à me dévisager, fascinée, tout en commençant à reculer. Elle a quitté la terrasse, puis s'est retournée encore une fois pour me regarder, comme si elle voyait à l'intérieur de moi. Son visage s'était fermé. Elle s'est éloignée sur la rue. J'étais en nage, et dès qu'elle a été hors de vue, mes mains se sont mises à trembler convulsivement. J'ai fini mon verre d'un trait et j'ai quitté la terrasse précipitamment.

J'avais beau avoir eu de la chance, je n'étais pas sûr que Marie ne m'avait pas reconnu. Tout allait peut-être s'écrouler. Tout ce pour quoi je me battais depuis un an. Et j'étais apeuré aussi qu'elle m'ait vu. Sans que j'aie eu à la toucher. Sans même que je l'aie regardée.

J'ai remonté la rue Saint-Maur comme dans un brouillard. Je suis allé chercher une nouvelle carte SIM au présentoir d'une petite boutique de téléphone, une cocotte-minute dans un bazar indien, puis je suis entré dans un bureau de presse pour faire provision de journaux à brûler. J'ai pris pêle-mêle tout ce qu'il y avait, sans faire attention. Quand je suis sorti de la boutique, les bras chargés de journaux, j'ai cru voir Marie devant un magasin de primeurs. J'ai tendu la tête. Je m'étais trompé, il n'y avait personne devant les étals. J'ai hâté le pas en continuant à regarder régulièrement derrière moi.

À mon arrivée dans le studio, j'ai lâché les journaux sur le sol. J'étais enfin en sécurité. J'ai ouvert les rideaux, et j'ai sursauté : j'avais cru voir Marie à nouveau, se réfugiant précipitamment derrière une poubelle. J'ai avalé tout de suite deux anxiolytiques, j'ai refermé les rideaux, et j'ai écarté très légèrement le tissu, pour vérifier que je n'avais pas rêvé. Je suis resté trois quarts d'heure en position, mais rien n'a bougé. Je m'étais trompé. J'étais en train de devenir fou.

Les anxiolytiques ont fait peu à peu effet. J'en ai pris deux autres. J'ai mis à fond la ventilation de la salle de bains et j'ai brûlé une à une les feuilles des journaux avec mes anciens vêtements bariolés dans la cocotte-minute. J'ai pris mon temps. J'étais hypnotisé par les flammes. J'ai regardé ma main : elle était à nouveau parfaitement nette.

# 16

LE LENDEMAIN, J'AI TRANSVASÉ LES CENDRES FROIDES dans un sac plastique et je suis sorti peu après le déjeuner pour aller chez Didier. J'ai vérifié régulièrement sur le trajet que je n'étais pas suivi, mais je n'ai vu Marie nulle part. Je ne savais pas si j'allais en parler à Didier. J'étais encore sous le choc. J'avais peur aussi que cela le dissuade d'appeler Anna. Quand je suis arrivé chez lui, je me suis efforcé de ne rien laisser paraître et je l'ai pris chaleureusement dans mes bras. Il m'a tenu un instant devant lui, surpris par mon nouveau changement d'apparence.

— C'est fou comment tu me ressembles, comme ça…
— Tu trouves ? Et… ça me va bien ?

Il a haussé les épaules.

— J'viens de te dire que tu me ressemblais. C'est que c'est quand même pas génial…

Il a souri tristement, puis a paru intrigué par mon engouement. Une lueur a brillé dans ses yeux, et il s'est mis à sourire lui aussi, d'un air indécis.

— Ça va ?
— Oui.
— T'es sûr ?
— Oui.

Je lui ai dit que je m'étais fait à l'idée de disparaître. Ce n'était pas grave. L'important, c'était d'être aimé. Mais il fallait appeler Anna. Sinon, tout serait raté ; je disparaîtrais avec une blessure au cœur, sans être plus jamais capable de la soigner. Didier s'est aussitôt rembruni, visiblement déçu, et il a soupiré.

— T'es vraiment sûr que c'est utile ? Que t'en as encore besoin ?
— T'avais promis, Didier.

Il s'est tu un instant, puis il s'est assis dans le canapé, a récupéré un mégot dans le cendrier face à lui et l'a rallumé. Ses mains se sont mises à trembler. J'ai posé le sac plastique avec les cendres au pied de la table et je me suis assis face à lui. Ça me faisait de la peine de le voir dans cet état, mais c'était lui qui m'avait rappelé.

— C'est un mal pour un bien, Didier.

J'ai posé mon téléphone sur la table. Il s'est mis soudain à vibrer. C'était Anna.

*François ????*

J'ai montré le message à Didier.

— Ça sert à rien de la faire souffrir plus longtemps.

Je lui ai expliqué comment présenter la chose, puis je lui ai demandé de mettre le haut-parleur. Anna a décroché presque aussitôt.

— François !?

Ça m'a fait chaud au cœur, car j'entendais bien à sa voix qu'elle avait été inquiète, et donc qu'elle m'aimait. Didier a coupé court tout de suite.

— Non, c'est son demi-frère.

Il lui a expliqué en bégayant que j'avais été écrasé par un car de touristes allemands. Didier avait eu un malaise pendant la nuit, il avait appelé les secours, puis il m'avait prévenu, j'avais passé toute la nuit à le veiller, et j'étais tellement épuisé le matin quand j'étais sorti de l'hôpital, pour aller me reposer un peu chez moi, que je n'avais pas fait attention en traversant la route. Le feu était rouge pour les piétons. Le chauffeur roulait à pleine vitesse. Il n'avait rien pu faire.

Anna s'est mise à hurler et nous avons reculé d'un bond avec Didier. Elle a pleuré pendant de longues secondes, puis elle a gémi.

— Et moi je croyais que c'était vous qui étiez mort… Que c'est pour ça qu'il répondait plus…

Elle s'est remise à pleurer à grand bruit. C'était si beau. Je sentais mon cœur se remplir d'amour à chacun de ses sanglots. Didier lui a ensuite parlé de l'état de mon corps. De la crémation précipitée. Elle a écouté en continuant à pleurer. Mais quand il lui a proposé de récupérer les cendres, elle a marqué un temps d'hésitation, puis elle a dit non. J'étais stupéfait. Je me suis mis à gesticuler pour faire comprendre à Didier qu'il fallait qu'il insiste.

— Vous êtes sûre ? C'est important pour le travail de deuil, de… Il n'y a pas un endroit qui vous est cher où vous voudriez que François repose ?

Anna lui a répondu d'une voix plaintive, entrecoupée de pleurs.

— Mais c'est pas lui, c'est juste des bouts d'os, c'est dégueulasse…

J'ai encouragé Didier à ne pas lâcher.

— Je comprends que vous ne vous sentiez pas prête… Mais vous pourriez peut-être garder l'urne avec vous ?
— Mais non, qu'est-ce que vous voulez qu'je fasse d'une boîte !

Didier était à court d'arguments. Anna n'a plus rien répondu. Elle ne faisait que pleurer. Au bout de quelques instants, Didier a fini par raccrocher. Je me suis dit que ce n'était pas grave. Après tout, c'était compréhensible. Elle pouvait très bien m'aimer et ne pas vouloir les cendres. Le plus important, c'était que je l'avais entendue pleurer.

J'ai pris le sac de cendres, je l'ai vidé dans la cuvette des toilettes et j'ai tiré la chasse. Quand je suis revenu, Didier était toujours assis dans la même position, le téléphone à la main. Je me suis assis à côté de lui sur le canapé. J'ai mis mon bras autour de son épaule.

— Merci, Didier.

Je lui ai demandé s'il était prêt à aller à la Foire. Il s'est tourné vers moi, un peu choqué.

— Là, tout de suite ?

Je me suis levé et je lui ai montré le sol recouvert de pièces de puzzles, parsemées de détritus.

— T'as vraiment envie de rester ici ? Il faut qu'on sorte, au moins.

Il a soupiré.

— T'as raison.

Il m'a indiqué le frigo du menton.

— Donne-moi une bière, s'il te plaît.

Je suis allé lui chercher une canette et nous nous sommes mis en route. Sur le chemin, pour aider Didier à sortir de son marasme, je me suis livré à quelques pitreries en jouant de mon invisibilité. Alors que nous longions des terrasses, je versais des carafes d'eau sur la tête des serveurs désagréables, déposais des poireaux sur les genoux des clients. Je voyais Didier rire et j'étais content.

Je m'arrêtais régulièrement dans des épiceries pour le ravitailler en bière, et quand nous sommes arrivés à la Foire du Trône, il en avait déjà bu quatre. Je continuais mes frasques, en mettant des carottes dans les boissons des parents grognons, ramenant contre leur nez les glaces italiennes des promeneurs mal lunés, et disséminant des fraises dans la barbe à papa qu'un employé somnolent faisait tourner devant les yeux impatients des enfants. Celui-ci s'étonnait, les enfants s'émerveillaient en poussant des cris, et Didier était radieux de voir les enfants rire. La douceur de son regard quand il les observait me pinçait le cœur. Cependant, je n'en laissais rien paraître, et quand nous sommes montés sur la grande roue, nous étions parfaitement joyeux. Mais, au fur et à mesure que nous nous élevions du sol, j'ai vu que Didier se tendait. Une fois parvenus tout en haut j'ai constaté qu'il tremblait.

— T'as le vertige ?
— Oui.

J'ai ri pour le rassurer. Les vitres de la cabine étaient solides. Il ne risquait rien.

— J'ai peur quand même.
— Pourquoi ?

Son visage était tourné vers moi, mais il regardait du coin de l'œil la ville qui s'étendait sous nos pieds.

— Parce que le vertige, c'est pas la peur de tomber. C'est la peur d'avoir envie de tomber.

Il a dégluti, puis il a posé son regard sur moi.

— Si je tombais, il y aurait personne pour me pleurer.
— Mais si, il y aurait moi !

— Toi, tu vas disparaître.

J'ai souri, et je lui ai montré mon bras.

— Ça s'est arrêté.

Son visage s'est ouvert.

— Alors ça marche…
— Comment ça ?
— Ça a remarché, je veux dire. Ça revient.

J'ai haussé les épaules.

— Oui…

Il m'a observé un moment, puis ses yeux se sont embués et il a secoué la tête.

— Tu me fais penser à un milliardaire qui a peur de perdre son argent s'il le dépense…
— Qu'est-ce que tu veux dire ?

Didier ne m'a pas répondu. Il s'est assombri à nouveau. J'ai cherché en vain à le distraire. Il s'était fermé. Quand nous sommes descendus de la grande roue, il m'a dit qu'il en avait assez, qu'il voulait partir. Je sentais qu'il n'allait pas bien, je n'ai pas insisté. Nous sommes sortis par l’entrée principale, et je me suis écarté un instant pour uriner contre un camion de CRS en faction. Didier m’attendait un peu plus loin. Au moment où je le rejoignais, j’ai vu soudain un clochard s’approcher de lui.

— Michel ? Michel ! Oh ! Tu me reconnais pas ?

Didier s’était figé sur place et regardait le clochard avec effroi.

— Le centre Saint-Louis ! La bande du canal !

Didier visiblement ne le reconnaissait pas, mais le clochard est tombé dans ses bras.

— Ah putain, Michel… Ça me fait plaisir de te voir. Je me suis fait tellement de souci, tu peux pas savoir… T’as disparu du jour au lendemain !

Le clochard a pris un pas de distance pour observer Didier à nouveau.

— Mais ça a l’air d’aller, en tout cas ! Putain ! Tu t’en es sorti, toi… C’est bien.

Didier s’est mis à balbutier, et lui a expliqué qu’il avait perdu la mémoire. Le clochard s’est décomposé.

— Tu te souviens de rien du tout ?
— Non.

Celui-ci s'est ému et a posé sa main sur l'épaule de Didier.

— Putain…

Ils ont fait quelques pas et se sont assis sur un banc un peu plus loin. Le type ne me voyait pas et j'ai pris place discrètement à côté de Didier. Lui-même ne faisait plus attention à moi. Le clochard a soupiré, et lui a dit qu'à l'époque où ils s'étaient connus, il y a deux ans, Didier vivait à la rue, comme lui. Ils traînaient dans le même centre d'accueil de jour, du côté de l'hôpital Saint-Louis. Ils étaient amis.

— Enfin, amis… comme on peut l'être quand on est à la rue. Tu vois ce que je veux dire…
— Non.

Le type a hoché la tête, réalisant qu'effectivement Didier ne se souvenait plus de rien.

— Et je suis… J'étais qui ? Avant d'être à la rue ?

Le clochard a semblé hésiter un instant, puis a expliqué que d'après ce que Didier leur avait raconté à l'époque, c'était un ancien clown. Didier a écarquillé les yeux.

— Mais moi, tout ce que je peux te dire, c'est ce que tu m'as raconté ! Si tu m'avais pipoté, ça je peux pas le savoir…

Didier a fait signe qu'il s'en fichait, et le type a poursuivi. Il avait grandi à Chalon-sur-Saône. Il était fils d'immigrés polonais qui étaient morts jeunes. Il n'avait pas de famille en France. Il avait été recueilli par un cirque qui l'avait formé, et était devenu pour lui comme une sorte de nouvelle famille. Il avait passé sa vie sur la route. Il avait une femme à Chalon, mais il ne la voyait pas beaucoup. Un jour, il en avait eu marre de toujours bourlinguer, il avait eu envie de se poser, et il avait tout plaqué pour retourner vivre avec elle.

— T'es sûr que tu veux connaître la suite ?
— Oui.

Le type avait l'air embarrassé. Il a fini par secouer la tête.

— Non… J'peux pas. Vaut mieux pas remuer la merde, replonger là-dedans… J'aurais pas dû t'dire tout ça. Désolé.

Il a fait mine de se lever mais Didier l'a rattrapé par la manche.

— S'il vous plaît. Il faut que je sache.

Didier l'implorait du regard. Le type a fini par se rasseoir en soupirant.

— File-moi une clope.

Didier s'est empressé de lui donner une cigarette, puis le type a poursuivi en lui disant que malheureusement, quand il était revenu, sa femme n'était pas toute seule. Elle ne voulait plus de lui. En fait, ça faisait longtemps qu'elle l'avait remplacé. Il l'avait pas supporté. Il avait craqué, et avait lentement glissé, jusqu'à se retrouver sur le pavé. Il s'était remis à bourlinguer, mais cette fois sans chapiteau sur la tête. Et il avait fini par échouer à Paris. C'est comme ça qu'ils s'étaient rencontrés. Le type s'est interrompu et s'est mis à sourire en regardant Didier.

— J'sais pas comment t'es maintenant, mais j'peux te dire qu'à l'époque t'étais un sacré loustic…

Il lui a raconté que Didier n'arrêtait pas de les faire rire. Pendant les longues heures qu'ils passaient dehors, il leur jouait certains de ses spectacles. Tout le monde se rassemblait autour de lui pour l'écouter. Il n'était pas vraiment comme les autres. Il pouvait boire et traîner autant qu'eux tous, mais il dormait toujours en accueil de nuit, quels que soient les dangers. Il était toujours très propre sur lui.

— Rasé et tout. Un vrai prince de Galles. On aurait jamais dit que tu vivais à la rue…

Didier restait atterré sur son banc. Je n'osais pas bouger pour ne pas le déconcentrer, et je ne pouvais pas voir sa réaction. Par prudence, j'ai mis discrètement une bière dans sa main. Le clochard a haussé les sourcils en la voyant.

— T'en aurais pas une autre ?

J'ai en redonné une à Didier et il a donné la sienne au clochard. Ils ont trinqué, puis Didier s'est hasardé à poser une question.

— Et tu sais comment… ce qui a pu m'arriver ?

Le visage du type s'est contracté. Il a secoué la tête.

— J'veux pas dire du mal… Accuser sans savoir. Sur des on-dit, des impressions…

Didier a insisté, et le type a fini par lui concéder qu'un jour, lui et quelques autres gars de la bande avaient disparu. On ne les avait plus vus pendant près de deux semaines. Et puis ils étaient tous revenus. Sauf lui. Le type s'était inquiété, il leur avait posé des questions, et les gars avaient répondu avec une voix bizarre qu'il avait décidé de partir. Qu'il voulait soi-disant retourner à Chalon. Il n'en savait pas plus.

— Mais…
— Quoi ?

Le clochard a haussé les épaules.

— T'étais populaire. Et ça, y a des gens, ils aiment pas trop… Et puis faut dire aussi que t'amassais plus de fric que les autres avec tes trucs de clown quand tu faisais la manche. Ça faisait des envieux… Tu sais comme c'est.
— Non.
— Pardon.

Le clochard s'est mis à cracher.

— Je les ai jamais sentis, toute cette bande… J'les entendais parler. Ils arrêtaient pas de dire que t'avais une planque pour ta thune du côté du canal. Qu'ils finiraient par la trouver.

Il avait soupçonné une embuscade, bien sûr. C'était courant, malheureusement, quand on vivait à la rue. Et ça arrivait que ça tourne mal. Les gars à chaque fois disparaissaient quelque temps, ils allaient dans un autre centre, pour se mettre au vert. Et puis un jour ils revenaient, comme si de rien n'était. Exactement comme ce qui s'était passé avec lui. Didier a fini sa bière et s'est éclairci la voix.

— C'est vers le canal qu'on m'a retrouvé, justement. J'avais plus de papiers, plus d'argent. Plus rien.

Les yeux du clochard se sont embués, il s'est levé d'un bond et s'est mis à crier.

— Les salauds ! J'en étais sûr...

J'ai transmis une autre bière et Didier a réussi à le calmer. Le clochard s'est remis à sourire. Il a dit à Didier qu'il était content de voir qu'il était vivant. Une larme a coulé au coin de son œil, et ils sont tombés dans les bras l'un de l'autre. J'ai hoché la tête d'un air admiratif : Serge avait vraiment été à la hauteur. J'étais impressionné. J'allais lui faire le plus bel article que j'aie jamais écrit. Didier s'est détaché de lui, et a demandé à Serge s'il pourrait le revoir. Celui-ci lui a répondu que non, malheureusement. Il en avait assez de Paris, de toute cette vie. Il voulait prendre un nouveau départ, se relancer. Il avait décidé de partir dans le Sud, se mettre à bosser, faire les vendanges pour mettre de l'argent de côté et essayer de s'acheter un bateau.

— On n'a pas qu'une vie, Michel. On en a autant qu'on veut. J'en ai déjà eu deux, trois... Mais j'ai encore faim.

Les larmes coulaient sur le visage de Serge. Il a fini par se lever. Il a dit qu'il devait y aller. Ils se sont pris une dernière fois dans les bras. Quand Didier s'est retrouvé seul avec moi sur le banc, il s'est mis à pleurer à son tour, comme je ne l'avais jamais vu faire. Une vanne avait lâché. Sa poitrine se soulevait sous les sanglots. J'ai eu peur que mon entreprise se soit révélée contre-productive, et je lui ai demandé si ça allait, mais Didier s'est tourné vers moi et m'a dit oui. C'étaient des larmes de joie. Il était heureux, soulagé d'être enfin quelqu'un. Et aussi, de constater qu'il n'était pas fou : c'était pour ça qu'il était tellement émerveillé par les enfants. C'est parce qu'il avait toujours travaillé avec des enfants, pour des enfants. C'était sa raison d'être. C'était pour ça qu'il avait l'impression de sans cesse rechercher leur présence. Il s'est mis à rire.

— C'était pas parce que je suis pédophile…

Je me suis mis à rire moi aussi, et je lui ai demandé avec inquiétude s'il allait retourner à Chalon. Il m'a répondu qu'il n'en avait rien à foutre de Chalon, ni de sa femme. Il n'allait pas chercher à la recontacter. De toute façon, il n'avait aucun souvenir d'elle. Et c'était pareil pour les SDF qui avaient cherché à le tuer. Il ne se souvenait pas d'eux ; il ne pouvait donc pas leur en vouloir. Et puis d'une certaine façon, c'était grâce à eux s'il s'en était sorti, s'il n'était plus à la rue. La seule chose qui semblait lui être revenue du passé depuis qu'il avait parlé au clochard, c'était l'image d'un enfant qui riait. Toujours le même, il ne savait pas pourquoi. Mais dans tous les cas, il était heureux, pour la première fois de sa vie. Je me suis mis à pleurer à mon tour, et il m'a pris dans ses bras.

## 17

LE BONHEUR DE DIDIER M'A DONNÉ DE LA FORCE. J'en avais besoin, car l'invisibilité commençait à me peser. Dans les premiers temps, j'ai beaucoup pensé à Marie. Je continuais à avoir peur qu'elle m'ait reconnu, qu'elle ait compris que j'avais fait semblant de mourir.

J'ai été tenté d'aller la voir, pour lui expliquer pourquoi j'avais fait ça. Dans l'espoir que subsiste encore en elle un peu de sentiment pour moi et qu'elle me pardonne. Mais les jours ont filé les uns après les autres, et comme Marie n'était pas réapparue, j'ai compris qu'en fait j'avais effectivement eu de la chance. Elle ne m'avait pas reconnu. Je me suis même dit alors que d'avoir cru me revoir sous les traits d'un autre avait peut-être réactivé son amour pour moi. Qu'il n'en était que d'autant plus fort.

J'ai donc pu continuer à vivre. J'ai commencé par m'installer dans mon nouvel appartement. Je suis allé chercher quelques meubles au dépôt du Conforama de Nation. J'ai tout fourré dans un de leurs camions de livraison et j'ai gagné à grand-peine le quartier Sainte-Marthe. Les autres véhicules ne me voyaient pas et mon parcours a donné lieu à d'innombrables collisions, qui laissaient les conducteurs perplexes quand ils étaient stoppés au milieu d'une rue déserte et retrouvaient leur pare-chocs enfoncé. J'ai dû faire plusieurs détours, emprunter des rues peu fréquentées, rouler au pas. J'ai mis une heure et demie pour rejoindre mon appartement, et quand j'ai laissé le camion sur le boulevard de la Villette, il était bon pour la casse. J'ai installé le canapé pliable, le bureau, monté les étagères, et j'ai contemplé les mains sur les hanches le petit nid dans lequel j'allais être amené à disparaître peu à peu.

Après un répit de plusieurs jours, ma main avait en effet commencé à s'effacer à nouveau. Le processus semblait plus progressif, puisque pour l'instant l'invisibilité concernait seulement le bout de l'annulaire et de l'auriculaire de la main droite. Il était aussi plus lent, car l'invisibilité ne s'étendait que de quelques millimètres par jour. Je m'étais fait une raison, et passais mes journées dans l'oisiveté la plus totale. J'en avais assez des efforts incessants que je devais faire face à mes interlocuteurs pour rester visible. Je n'éprouvais plus le besoin de parler. À vivre seul, on finit par perdre le goût des autres. La sociabilité est comme un muscle. Quand on ne s'en sert pas, elle s'atrophie.

Désormais, regarder les autres vivre me suffisait. Je faisais le tour des cafés et restaurants de mon quartier, goûtant tous les plats, observant les clients. J'écoutais leurs histoires comme on regarde la télévision. J'entrais dans tous les immeubles du quartier, tous les appartements. Marchands de sommeil asiatiques, sans-papiers indiens, vieux Maghrébins biscornus comme des troncs de poiriers, couples d'artistes au ventre mou, vendeurs de cocaïne aux rêves peuplés de chimères, heureux ou malheureux, intéressants ou stupides, sages ou déments, ils étaient tous vivants. Je m'endormais parfois au pied de leur canapé, et partais au petit matin accompagner les éboueurs et les errants de la nuit qui finissaient leur périple en titubant.

J'avais interrompu mes activités au *Cotillon*. Je ne touchais plus les aides sociales. Ce que je puisais dans les poches des petits malfrats et jeunes architectes du quartier suffisait amplement à payer mon loyer. J'avais laissé Didier avec son bonheur. Il était quelqu'un, maintenant. Il n'avait plus besoin de moi. Plus personne, à vrai dire, n'avait besoin de moi. Il m'arrivait bien sûr de rencontrer des gens, quand dans la cohue des bars les clients me heurtaient. Je discutais quelques instants avec eux, mais c'était trop difficile d'avoir des relations suivies avec des gens qui ne vous voyaient pas, avec cette impression qu'on n'existe jamais vraiment pour les autres. Je finissais rapidement par m'éclipser.

J'avais certes noué un contact un peu plus régulier avec une jeune femme que j'avais rencontrée au *Dude*, en bas de la rue Sainte-Marthe. Elle s'appelait Pauline. Elle était pleine de vie, de joie. Je l'avais fait venir quelques fois chez moi. Je sentais que nous aurions pu nous aimer, mais il n'y avait pas entre nous la même harmonie chimique qu'avec Anna, et à force de devoir la toucher sans cesse, elle a fini par me trouver trop collant. Elle n'avait pas envie d'une relation fusionnelle. Quant à moi, je ne voulais pas refaire les mêmes erreurs. J'étais déjà aimé de tellement de femmes. C'était juste que je me sentais seul. Cela faisait deux semaines que je n'avais plus donné signe de vie. Elle non plus. Et puis un jour, alors que je me dirigeais vers mon immeuble, les bras chargés de courses, j'ai entendu une voix qui m'appelait.

— Thomas !

J'avais été pris par surprise et je n'avais pas pu m'empêcher de marquer un temps d'arrêt. Il était trop tard pour faire semblant de ne pas avoir entendu. Je me suis retourné. Marie était là, assise à la terrasse du café d'en face. J'ai été aussitôt atterré par ma bêtise, ma naïveté. Elle avait beau me sourire d'un air timide, comme si elle était surprise de me voir, ça ne pouvait pas être un hasard. Je ne m'étais pas trompé : c'était bien elle que j'avais vue me suivre après notre rencontre. Elle venait pour se venger, pour m'infliger le châtiment que je méritais. Elle avait fait exprès de me laisser en paix pendant quelques semaines pour que je puisse croire qu'elle ne m'avait pas reconnu, et que son retour me soit d'autant plus douloureux. Je n'avais rien à dire. Lui accorder ce plaisir de me châtier après ce que je lui avais fait était la moindre des choses. J'allais la laisser faire. Je me tuerais ensuite. Marie s'était levée, j'ai avancé de quelques pas dans sa direction, la tête baissée en signe de résignation.

— Vous habitez là ?

Je me suis contenté de hausser les épaules. Elle s'est mise à frotter ses mains l'une contre l'autre, et m'a demandé si je voulais boire un verre. J'ai soupiré et je suis venu la rejoindre. Elle a paru gênée et a souri d'un air désolé.

— Je veux pas vous déranger… Je comprends que ça doit être gênant, une fille comme ça qui demande à vous parler, tout ça parce que vous ressemblez à un autre…

J'ai froncé les sourcils, en me demandant à quoi elle jouait. Mais je me suis incliné : cela devait faire partie de sa vengeance. J'ai posé mes sacs de courses au pied de sa table, puis je me suis assis, comme un condamné pose sa tête sur le billot. Elle a regardé mes sacs et m'a demandé si je ne voulais pas d'abord les ramener chez moi. Elle pouvait très bien m'attendre. J'ai souri.

— De toute façon demain j'en n'aurai plus besoin.
— Pourquoi ?

— Pour rien, pardon.

Elle avait un carafon de vin blanc et m'a demandé si je voulais partager. Je lui ai dit non. À force de côtoyer des dealers toutes ces dernières semaines, j'avais pris d'autres habitudes.

— Je vais fumer un joint.

Je me suis mis à rouler et elle a paru surprise.

— Comme ça, en public ?

J'ai souri en haussant les épaules.

— Personne me voit.

Je ne comprenais pas pourquoi elle me voyait, si naturellement, alors que pourtant nous n'étions pas en contact physique l'un avec l'autre. Elle s'est mise à me parler de sa journée et je l'ai laissée faire, attendant patiemment qu'elle en vienne au fait. Mais Marie, bizarrement, s'était mise à parler de tout et de rien, de façon un peu badine, comme si effectivement nous ne nous connaissions pas. J'ai compris que la sentence ne viendrait pas tout de suite. J'ai continué à tirer sur mon joint, sans participer beaucoup à la conversation. Plus le temps passait, plus je m'étonnais de ce moment que nous passions ensemble, à parler. J'avais l'impression d'être ramené un an et demi en arrière, quand nous nous étions rencontrés pour la première fois dans le bar de Jussieu où je travaillais. Nous étions empruntés, maladroits, troublés l'un par l'autre. C'était sans doute pour me rappeler ce que j'avais massacré qu'elle se livrait à ce simulacre de conversation. Elle avait touché juste. C'était effectivement douloureux. Au bout d'un moment, j'en ai eu assez et j'ai voulu écourter mon supplice.

— Et comment il est mort ?
— Qui ?
— Cet homme que vous avez aimé. François.

Marie s'est raidie, et m'a fixé un long moment sans ciller. Elle a fini par répondre d'une voix dure, sans me quitter des yeux.

— Il a été écrasé par une rame de métro.

Les larmes me sont aussitôt montées aux yeux en voyant la dureté de son regard. Toute la haine, la douleur et la rancœur qu'il recelait. J'avais échoué. Elle ne m'aimait plus. J'avais terriblement pitié de moi, et de l'échec qu'était ma vie. J'ai eu l'impression de sentir physiquement les roues du métro me passer sur le corps, et j'ai lâché une dernière phrase, au moment où une larme s'était mise à couler sur ma joue.

— Il a dû terriblement souffrir…

J'ai reniflé et Marie m'a regardé d'un air incrédule, comme si d'un seul coup je venais de me transformer en vache. Elle a eu un moment d'hésitation.

— Ça vous émeut ?

Les larmes, en effet, ruisselaient sur mon visage.

— Évidemment… C'est horrible, toute cette souffrance…

Marie a paru réfléchir, a paru réfléchir un instant, puis elle m'a dit qu'elle avait terriblement souffert, elle aussi. Ses yeux étaient grands ouverts et luisaient. Elle parlait comme en transe de ce qu'elle avait traversé. Elle avait arrêté ses études. Arrêté de manger. Beaucoup bu. Elle avait passé des semaines cloîtrée chez elle. S'était mise à écrire, pour lutter contre la douleur. Elle avait fini par surnager. Elle s'était inscrite en thèse. Le travail lui faisait du bien. Elle avait même essayé de rencontrer d'autres garçons. Mais cela faisait un an maintenant, et elle s'était rendu compte qu'elle ne pouvait rien y faire. Qu'elle l'aimait toujours, éperdument. Et qu'il resterait sans doute là, au fond de son cœur, pour l'éternité. J'ai froncé les sourcils, puis mon rythme cardiaque s'est soudain accéléré et j'ai eu très chaud. Marie a remarqué que je ne me sentais pas bien.

— Je suis désolée de t'embêter avec ça… Et en plus je vous tutoie, pardon.

Je n'osais pas croire à ce que j'étais en train de comprendre. J'ai bafouillé.

— C'est moi qui t'ai posé la question. Et… tu peux me tutoyer.

Elle s'est quand même excusée à nouveau, de déballer toute sa vie comme ça à un inconnu. Elle ne savait même pas qui j'étais. La joie m'inondait. J'ai voulu tendre une dernière perche pour en avoir le cœur net.

— Tu sais très bien, qui je suis…

Marie m'a alors regardé avec une telle expression d'incompréhension que j'ai eu enfin la certitude que j'avais fait fausse route. Elle ne m'avait pas reconnu. Pris au dépourvu, je lui ai répondu la première chose qui me passait par la tête, pour éviter de m'empêtrer dans les mensonges.

— Je veux dire, tu le sais autant que moi, c'est-à-dire pas du tout.
— Comment ça ?

Je lui ai alors expliqué que j'avais eu un accident, moi aussi. Il y a quatre ans. J'en étais sorti avec un traumatisme crânien, à la suite duquel j'avais perdu la mémoire. Je ne savais pas qui j'étais.

— Tu plaisantes ?

J'exagérais un peu. Je savais qui j'étais. Ma famille et mes proches me l'avaient dit. J'étais né à Charleville-Mézières, à telle date. J'avais fait telles études, exercé tel métier, etc. Mais ce n'étaient que des informations brutes, abstraites, qui n'avaient rien fait résonner en moi. Je savais qui j'avais été, mais je n'en avais aucun souvenir. On pouvait même très bien m'avoir menti. Je ne pouvais pas le savoir. Tout ce que je savais vraiment, c'est ce que j'étais et faisais depuis quatre ans.

— Et tu fais quoi ?

J'ai fait la moue, et je lui ai répondu que je ne faisais rien. Des petits boulots, par-ci par-là. Dans ma vie passée, j'avais été comptable, mais quand j'avais essayé de reprendre un poste, je m'étais rendu compte que je n'y comprenais plus rien. J'avais tout oublié. Même ça. J'ai secoué la tête d'un air accablé.

— Ça me fait tellement bizarre, de penser que j'ai pu être comptable. Je connais à peine mes tables de multiplication.

Depuis mon accident, je n'avais pas vraiment encore trouvé ce que je voulais être, ce que je devais être. J'avais fait quelques formations, pris des cours d'anglais. Mais rien ne m'intéressait vraiment. Je me contentais pour l'instant d'enchaîner les petits boulots d'intérim et les périodes de chômage. Elle m'a répondu en souriant que j'étais bien habillé pour un chômeur. Je lui ai répondu qu'un bon jean ne coûtait pas beaucoup moins cher qu'un pantalon de costume, et qu'il était difficile de trouver des baskets à la mode à moins de 80 euros.

— Je crois que tes vêtements coûtent un peu plus cher que ça…

J'ai haussé les épaules.

— Alors peut-être que je suis un milliardaire qui vit dans un 11 m² parce qu'il a trop peur de dépenser son argent.

Elle s'est mise à rire.

— Non, mais sérieusement ?

Cela faisait plusieurs minutes que je naviguais à vue. Je me suis rendu compte que je ne pourrais pas lui mentir plus longtemps.

— Sérieusement ? Je suis invisible. Toi, tu me vois, je sais pas pourquoi. Mais tous les gens, là, autour de moi, ils me voient pas. Du coup, j'ai pas besoin d'argent. Je rentre dans les magasins, et je me sers.

J'ai voulu le lui prouver tout de suite et je suis allé à la table d'à côté où un couple discutait. J'ai pris le verre du jeune homme, en ai bu quelques gorgées, et l'ai reposé sur la table. Le couple a continué à discuter, comme si de rien n'était. Marie était éberluée. Je me suis tourné vers elle en ouvrant grand les bras d'un geste d'impuissance, mais je bloquais la route au serveur derrière moi qui était sorti sur la terrasse avec un plateau rempli de boissons. Celui-ci m'a interpellé.

— Excusez-moi, je voudrais passer…

Je me suis retourné vers lui. Il me regardait en souriant gentiment. Le couple aussi avait jeté un œil vers moi, tout en continuant à discuter. Pourtant, je n'avais touché personne. Je suis revenu vers notre table d'une démarche incertaine. Marie riait, persuadée que j'avais voulu plaisanter, que j'avais seulement fait preuve d'audace et eu un peu de chance. Je me suis roulé une cigarette en tremblant. J'ai constaté alors que le bout de mes doigts lui aussi était réapparu.

J'ai passé le reste de la soirée dans un état second. Séduite par ce qu'elle prenait pour de l'humour, Marie s'était mise à parler avec animation. Elle avait repris un carafon de vin blanc, et la conversation roulait, naturellement, comme si nous nous connaissions depuis toujours. Je n'osais pas partir. Je continuais à jouer avec le feu, grisé de pouvoir la revoir, lui parler, sans qu'elle sache que c'était moi. De la voir, peu à peu, être séduite à nouveau par moi, mais sous les traits d'un autre. J'avais l'impression que tout pourrait recommencer. Parfois, quand je lui parlais, je voyais qu'elle ne m'écoutait pas vraiment. Que ce n'était pas vraiment moi qu'elle regardait, mais cet autre homme qu'elle avait aimé, à qui je lui faisais penser, et que j'étais aussi. J'étais troublé de constater à quel point je l'aimais toujours. On dit souvent qu'on a tendance à idéaliser les gens quand on ne les voit pas, et que quand on les rencontre, on est déçu. Mais l'inverse est aussi vrai : c'est parfois seulement quand on se confronte aux gens qu'on se rappelle à quel point ils sont merveilleux, et qu'on l'avait oublié, à force de ne plus avoir d'eux qu'une image figée.

Marie a enchaîné les verres, comme envoûtée de pouvoir avoir l'illusion de parler à ce François défunt qu'elle avait aimé. Pourtant les mois que j'avais passés à m'efforcer de modifier ma voix, mes attitudes, postures et manières, avaient fait de moi un autre homme. J'étais surpris moi-même, en parlant avec elle, de me rendre compte qu'à tel type de plaisanterie, répartie ou attitude, je n'aurais pas réagi de la même façon il y a un an et demi.

Le bar a fini par fermer. J'ai pris les sacs de courses et, tout en continuant à parler, Marie m'a raccompagné jusqu'à la porte de mon immeuble, quelques mètres plus loin. Nous sommes restés à parler encore quelques instants. Puis la conversation s'est éteinte. Marie a paru gênée.

— Est-ce que… tu voudrais qu'on se revoie ?

Je ne savais pas quoi penser. Je lui ai donné mon numéro de téléphone, nous nous sommes fait la bise, et de crainte que la situation devienne embarrassante je lui ai dit qu'il fallait qu'elle se dépêche si elle voulait attraper le dernier métro. Mais elle m'a répondu qu'elle habitait juste à côté, rue Louvel-Tessier. J'ai pris garde à ne pas paraître surpris. Je lui ai demandé si ça faisait longtemps qu'elle vivait là. Elle m'a dit que ça faisait un an. Elle avait emménagé ici juste après la mort de François, son appartement à Montparnasse était trop chargé de souvenirs. J'ai tressailli en comprenant que j'avais donc évité pendant un an des quartiers où elle ne vivait plus, et fréquenté en toute quiétude des rues qu'elle empruntait quotidiennement. Que j'aurais pu la croiser à chaque fois que j'étais allé voir Jean-Luc et Nathalie pour changer d'appartement. J'ai repensé au graffiti que j'avais laissé dans le hall de son immeuble à Montparnasse. Elle ne l'avait jamais lu. Mais peut-être qu'un autre François habitait dans l'immeuble. Que sa copine, elle, l'avait lu. Et ne l'avait pas cru quand il lui avait juré que ça n'avait rien à voir avec lui, que le message devait être adressé à un autre François. Ils s'étaient peut-être séparés à cause de moi.

J'étais plongé dans mes pensées. Marie restait là, à me sourire, continuant à voir cet autre homme sur les traits de mon visage. J'ai eu peur qu'elle cherche à m'embrasser. Je lui ai fait un petit signe de la main et je me suis engouffré dans l'immeuble, avec mes sacs de courses.

## 18

J'AI PASSÉ LES JOURS SUIVANTS DANS LA CRAINTE qu'elle me rappelle, et à lutter contre l'envie de la rappeler. Pour la première fois depuis que j'étais mort, je me suis mis à espérer la croiser par hasard, dans la rue, aux terrasses des cafés. Elle n'habitait qu'à 300 mètres de chez moi. Nous pouvions nous rencontrer à tout moment.

Elle a fini par m'envoyer un SMS quelques jours plus tard, et mon cœur s'est mis à battre dès que j'ai vu son nom apparaître sur l'écran de mon téléphone. C'était un message un peu anodin, prudent, qui n'appelait pas vraiment de réponse mais en laissait aussi la possibilité. J'y ai répondu, avec la même simplicité. Nous nous sommes mis à nous écrire de temps en temps, des petites anecdotes ou plaisanteries sur la vie du quartier. Elle me parlait de livres, des films qu'elle était allée voir au cinéma. Un jour, elle a voulu m'envoyer un lien vers une vidéo, et nous avons commencé à nous échanger de plus longs messages par mail. Elle me racontait avec humour ses journées passées dans le silence des bibliothèques, me dressant le portrait de ses congénères chercheurs qu'elle trouvait le plus souvent atterrants. Je lui parlais quant à moi des multiples histoires que j'avais surprises à l'époque où je m'introduisais dans les appartements des habitants du quartier pour observer leur vie. Je n'avais jamais partagé ces histoires avec personne.

— Je sais que tu me crois pas quand je te dis que je suis invisible. Mais c'est vrai.

J'avais peur qu'elle reconnaisse le style de mes romans, ou des messages que nous nous échangions du temps que j'étais vivant, il y a un an et demi, et je m'appliquais à le modifier. Elle me disait que j'écrivais bien. Et que surtout, j'avais beaucoup d'imagination, alors qu'en réalité je ne faisais appel qu'à ma mémoire. Depuis l'épisode au café où le serveur m'avait vu, j'étais en effet devenu plus prudent. J'avais cessé de m'introduire chez les gens. Dans les jours qui avaient suivi notre rencontre, j'avais pu constater que j'étais globalement toujours invisible, mais que je ne pouvais plus m'y fier. De plus en plus de gens me voyaient sans que j'aie besoin de les toucher. Je m'étais même fait rattraper une fois par le vigile du Franprix. Je faisais attention. Mes membres par ailleurs avaient tout à fait cessé de disparaître.

Quelques semaines plus tard, un après-midi, Marie m'a envoyé un SMS pour me dire qu'elle était installée au parc des Buttes-Chaumont pour potasser ses bouquins en profitant du soleil, mais qu'elle en avait assez de travailler. Elle me proposait de passer si je voulais. Si je n'avais rien d'autre à faire. J'avais peur, mais j'y suis allé. Quand je l'ai retrouvée, elle était allongée sur l'herbe face au bassin, les yeux fermés, la main négligemment posée sur le front pour se protéger du soleil. Elle portait un pantalon de velours un peu large et un T-shirt moulant. Ses cheveux blonds coupés court faisaient une tache de lumière au milieu du gazon. Elle m'avait demandé si je pouvais acheter un pack de bières sur la route et je l'ai posé à côté d'elle. En entendant les bouteilles qui s'entrechoquaient, elle a souri, avant même de rouvrir les yeux.

— J'adore ce bruit…

Elle a ouvert les yeux. J'étais debout à côté d'elle, le soleil dans mon dos. Elle a mis sa main au-dessus de ses yeux pour pouvoir me regarder. Ses joues avaient l'air terriblement douces. Je n'ai pas osé regarder sa bouche.

— Salut.

J'ai souri à mon tour, elle s'est redressée énergiquement et a tout de suite ouvert le pack pour prendre une bouteille, tandis que je m'asseyais à côté d'elle, en faisant attention à ne pas salir mon costume. La bouteille était fraîche, Marie l'a posée sur sa joue en fermant les yeux de plaisir.

— T'en veux une ?

— Non, merci. En fait je bois jamais.
— Ah bon.

Elle a ouvert la bouteille avec son briquet et a bu une longue gorgée.

— C'est bizarre de pas boire.

J'étais en train de rouler un joint, mais j'ai vu du coin de l'œil que Marie s'était tournée vers moi et me regardait en souriant.

— Ça me fait plaisir de te voir…
— Moi aussi.

J'ai senti que les battements de mon cœur s'accéléraient, je me suis dépêché de tirer sur mon joint. Marie avait déjà fini sa canette et en prenait une deuxième. Alors que nos échanges réguliers de mails ces dernières semaines nous avaient beaucoup rapprochés, nous étions aussi timides que pour un premier rendez-vous. Comme quand, un an et demi plus tôt, quelques jours après notre rencontre dans le bar où je travaillais, je lui avais proposé de boire un verre dans un bar à Censier. J'ai vu les livres et les feuilles imprimées qui dépassaient de son sac.

— C'est sur quoi, ta thèse ?
— Proust.

J'ai fait la moue.

— Je connais pas.
— Tu connais pas ? Marcel Proust, l'écrivain ?
— Non, je connais pas. Enfin, j'ai jamais entendu ce nom-là depuis quatre ans, en tout cas.
— C'est fou.

Je lui ai montré les feuilles imprimées.

— C'est ta thèse, ça ? Je peux lire ?
— Non. C'est le roman que j'ai commencé à écrire. Il y a un an.
— Ça parle de quoi ?

Elle a haussé les épaules.

— De trucs.

Elle a repris une gorgée de bière, puis s'est rallongée en se maintenant sur les coudes et s'est mise à observer le plan d'eau qui nous faisait face. Au milieu s'élevait une petite île surmontée d'une rotonde.

— François aussi était écrivain.
— Ah bon ?

Je lui ai demandé son nom, mais il ne me disait rien non plus. Elle a eu un sourire triste.

— Il me l'avait jamais dit. Je l'ai su qu'après. Je sais pas pourquoi il me l'a caché.

Elle triturait sa bouteille vide, plongée dans ses pensées, puis elle a souri et a lancé soudain sa bouteille dans le bassin. Celle-ci a atterri juste à côté d'un canard et la bête a battu des ailes pour déguerpir.

— Fais gaffe ! T'as failli le toucher…

Elle avait l'air contente au contraire, et s'est mise à rire.

— On s'en fout, c'est des canards.

J'ai froncé les sourcils et je lui ai dit qu'aussi minuscule et limité soit-il, ce canard avait un cerveau et un système nerveux. Qu'il pouvait souffrir.

— Si tu veux, tu peux lancer des cailloux contre un arbre, plutôt.

Elle a soupiré.

— C'est chiant…
— C'est vrai.

Elle s'est mise à rire, et m'a pris soudain par la manche car un surveillant du parc qui l'avait vue lancer la bouteille se dirigeait vers nous. Elle a ramassé ses affaires, j'ai pris le pack et nous nous sommes éloignés en courant. Marie était hilare. J'étais inquiet, mais elle m'a rassuré en me disant que les surveillants étaient des feignasses. Nous nous sommes installés sur une pelouse de l'autre côté du parc. L'épisode l'avait mise en joie, et je l'ai retrouvée telle que je l'avais connue, vive et pleine d'allant, sans ces airs de veuve fragile qu'elle avait en permanence depuis que je l'avais revue. Elle buvait sans discontinuer en se moquant des passants, attirant sans cesse mon attention sur tel ou tel détail. Je l'écoutais en souriant, alternant joints et cigarettes à peu près au même rythme qu'elle buvait ses bières. Je me sentais bien. Le ciel s'était couvert, il faisait lourd. J'avais ôté ma veste pour m'étendre dans l'herbe, et je voyais que Marie de temps en temps regardait à la dérobée les muscles épais qui saillaient sous ma chemise.

Marie a fini par terminer son pack et m'a proposé d'aller au frais manger un morceau au *Pavillon du Lac*, le petit restaurant qui se trouvait sur une allée un peu plus loin. Elle a pris une grande salade avec de la charcuterie et a continué à boire. Je sentais qu'elle partait. Ses yeux luisaient. Son regard était trouble quand il se posait sur moi. Elle semblait s'amuser beaucoup. Les joints aussi faisaient effet sur moi et j'avais l'impression de rêver en nous voyant là, assis tous les eux, à discuter et à rire. J'étais aussi surpris par son train de vie, car les plats n'étaient pas donnés. Elle a souri, puis elle s'est penchée au-dessus de la table pour me chuchoter à l'oreille de la retrouver aux toilettes dans deux minutes. J'ai écarquillé les yeux.

— T'inquiète pas... C'est pas ce que tu crois. Et remets ta veste.

Elle est partie vers les toilettes avec son sac à main. Quand je suis arrivé devant le lavabo, la porte de droite s'est entrouverte et Marie m'a fait signe.

— Viens.
— Qu'est-ce que tu fais ?
— Viens ! T'inquiète pas.

Je suis entré dans les toilettes et nous nous sommes retrouvés collés l'un à l'autre. Je me suis mis à transpirer. Elle m'a montré la petite fenêtre encastrée dans le mur à droite.

— T'as raison. C'est beaucoup trop cher, ici… Aide-moi.

Elle m'a donné son sac et a grimpé sur la cuvette pour atteindre la fenêtre. Celle-ci était petite et étroite mais elle a pu se glisser à l'extérieur sans encombre. De l'autre côté, une petite marche le long du mur permettait de descendre jusqu'au sol, derrière le bâtiment, parmi les arbres du parc. Je lui ai tendu son sac. Elle était radieuse. Ce qu'elle avait fait ne servait à rien, mais bon, elle avait réussi. J'ai voulu quitter les toilettes mais elle m'a rappelé. J'ai passé la tête à travers la fenêtre.

— Et ben ? Qu'est-ce que t'attends ?
— Quoi ?
— Tu tiens vraiment à régler l'addition ?

J'ai eu l'air effrayé, et elle a paru surprise.

— Je passerai jamais, Marie.
— Bien sûr que si !

J'ai essayé et elle avait raison. L'ouverture correspondait exactement à l'épaisseur de mon torse, et en passant de profil, après avoir engagé la première jambe, puis le bras et la tête, mon corps passait. Il n'y avait en revanche pas la place pour les vêtements, et ma chemise s'est retrouvée en lambeaux. Nous avons décampé dans le sous-bois. Marie se retournait vers moi en riant, mais quand nous avons fini par nous arrêter un peu plus loin, elle a vu que je regardais avec inquiétude en direction du restaurant.

— T'as peur ?
— J'ai pas l'habitude de faire des choses comme ça…
— Et au *Chahut*, quand t'as bu la bière du type ?
— J'étais invisible.

Elle s'est mise à rire.

— Et tu l'es plus ?
— Plus beaucoup. Je sais pas pourquoi. C'est bizarre.

Le ciel était devenu noir. La pluie s'est mise à tomber à grosses gouttes. Nous nous sommes abrités sous un arbre, en nous plaquant contre le tronc. La pluie filtrait à travers le feuillage mais elle était chaude. La main de Marie contre l'écorce était toute proche de la mienne et j'ai eu peur.

— Je suis désolée de t'avoir fait faire ça… Je pensais que ça t'amuserait. Et je te rachèterai une chemise…

Elle souriait d'un air contrit. J'ai haussé les épaules.

— C'est pas grave. C'était une expérience…

Elle a détourné le visage et s'est mise à regarder droit devant elle la pluie qui tombait sur le sous-bois. Son expression s'est durcie un instant, puis elle s'est tournée vers moi et s'est excusée à nouveau. Quand la pluie a cessé nous sommes rentrés lentement sur le sol détrempé jusqu'au quartier Sainte-Marthe. L'ondée avait rafraîchi l'atmosphère. Marie avait l'air heureuse à nouveau quand elle me regardait. Je l'étais aussi.

Nous nous sommes mis à nous voir régulièrement. À chaque fois, Marie semblait de plus en plus à l'aise et espiègle. Elle était visiblement devenue encore plus fantasque que quand nous étions ensemble. Prenant prétexte qu'à cause de mon amnésie je ne connaissais pas bien Paris, elle m'emmenait dans tous les lieux touristiques de la ville pour s'amuser à jouer les touristes. Elle achetait des vêtements bon marché et très voyants, et ne parlait plus avec moi qu'en anglais, en prenant un accent slave. Elle disait en riant qu'avec mon costume, mon physique de colosse et mes cheveux blonds, je n'avais pas besoin de me déguiser. Elle abordait les autres touristes et se mettait à discuter en parlant de la ville, demandant des conseils sur les lieux à visiter, nous inventant à chaque fois une biographie absolument délirante. Elle finissait même souvent par échanger des adresses mail, qu'elle inventait dans l'instant. Je me demandais comment elle arrivait à jouer des rôles comme ça.

Marie me disait qu'elle aimait beaucoup ces excursions. Que cela lui faisait du bien de se sentir quelqu'un d'autre l'espace de quelques heures. Je les aimais aussi, car même quand je voyais qu'elle était triste et un peu à distance de moi, je savais que c'était parce qu'elle pensait à moi, cet autre homme que j'étais avant, et que donc elle n'était pas à distance, mais toujours avec moi, dans une autre dimension.

Mais ces rencontres régulières me rappelaient aussi en permanence la précarité de notre relation. Je devais faire attention à ne pas emporter de papiers d'identité avec moi, devais me cacher pour présenter ma carte bleue au moment de payer au restaurant. J'avais dû aussi inventer un mensonge pour nous faire éviter la butte Montmartre, où habitait Roxane. Une fois, aussi, à Odéon, dans un restaurant, après avoir englouti à elle seule une bouteille de vin rouge, elle s'était mise à embobiner le serveur et lui avait expliqué que nous venions de Sibérie, que nous étions jeunes mariés et étions à Paris en voyage de noces. Pour elle, c'était une simple plaisanterie, mais cela me ramenait à la réalité. Tout cela n'était qu'une illusion. Nous ne pourrions jamais nous marier. Cette relation ne menait nulle part.

En sortant du restaurant, nous sommes allés au marché aux oiseaux du quai de la Mégisserie. Marie a vu que je m'étais assombri. Alors que nous passions devant les volatiles multicolores qui piaillaient dans leur cage, elle a posé sa main sur mon bras et s'est excusée. Elle avait conscience que ça devait être désagréable de sentir que quelqu'un vous voyait uniquement parce qu'on ressemblait à un autre. Que je devais me sentir nié. Elle tenait à me dire que même si je ressemblais beaucoup à François, et qu'elle ne pouvait pas contester que ça la troublait, elle m'appréciait vraiment pour ce que j'étais moi. Que j'étais très différent de lui. Qu'elle aimait beaucoup mon calme et cette forme de sagesse qui se dégageaient de moi. J'ai regardé les mainates avec mélancolie et je lui ai répondu que je comprenais. J'étais confronté au même problème. J'avais aimé des femmes, avant mon amnésie, dont je n'avais aucun souvenir. Les seuls moments où je m'en étais souvenu, c'était avec les femmes que j'avais connues depuis mon accident. Il m'arrivait en effet, dans les moments d'émotion, de leur donner un autre prénom que le leur. Au début, je ne savais pas pourquoi. Mais j'avais fini par comprendre que c'était sans doute parce qu'elles ressemblaient à des femmes que j'avais connues avant. Et que, malgré moi, j'étais donc allé vers elles à cause de leur ressemblance avec une autre. Du coin de l'œil, j'ai vu que le visage de Marie s'était durci, mais quand je me suis tourné vers elle, elle a eu un sourire triste, et m'a répondu qu'il y avait exactement ça chez Proust. Qu'il y a parfois dans la vie des personnes qui nous marquent, et qu'on recherche inconsciemment chez les autres tout au long de notre existence.

— Et toi ?
— Quoi ?
— Je te fais penser à une autre femme, moi ?
— Je sais pas…

Son visage s'est durci à nouveau.

— Tu dis jamais rien. Parfois j'ai l'impression que tu me vois seulement parce que t'as pitié de moi.

Je n'ai rien osé répondre, et je me suis contenté de la prendre dans mes bras. Quand nous nous sommes détachés l'un de l'autre, nous n'avons pas osé parler. Nous avons quitté le marché et nous sommes remontés à pied en silence jusqu'à notre quartier.

Marie n'en avait pas conscience, mais nous vivions sans cesse au bord du précipice. J'avais beau me raisonner, je n'arrivais pas à m'empêcher de la voir. C'est difficile de renoncer à quelqu'un qu'on aime, même quand on sait qu'on lui fait du mal. Je me laissais glisser sur la pente, parfaitement conscient que plus nous continuerions à nous voir, plus les choses deviendraient difficiles.

Même si je n'aimais rien tant qu'être à ses côtés, j'ai essayé d'espacer nos rencontres. Je me suis efforcé de me concentrer sur mon travail. Au fil des jours, je m'étais en effet rendu compte que mon invisibilité avait totalement disparu, et j'avais dû reprendre contact avec Romuald du *Cotillon*, qui avait accueilli mon retour avec joie. Je me suis remis à sortir dans les bars, à essayer de m'intéresser à d'autres filles. Mais je n'y arrivais pas. Je revenais sans cesse en pensée à Marie. Et quand elle me recontactait, j'acceptais de la voir.

Un soir, elle m'avait invité chez elle à dîner. J'avais vu l'urne sur une étagère, au milieu de ses livres. Nous avions mangé des sushis assis sur son canapé en regardant un film qu'elle voulait absolument me montrer, et qu'en fait je lui avais fait découvrir à l'époque où nous étions ensemble. Elle avait bu une demi-bouteille de rhum à l'apéritif, et pendant le film j'ai senti qu'elle avait envie de se blottir contre moi. Que je n'étais moi-même pas indifférent à la présence de son corps juste à côté du mien, dans l'obscurité de son petit studio. Que quelque chose nous attirait l'un vers l'autre. Quand je suis parti, un peu rapidement, vers 2 heures du matin, elle avait l'air à la fois triste et soulagée, et m'a fait promettre de lui rendre l'invitation.

— Demain ?
— Euh… oui, d'accord.

J'ai dû me préparer dans la précipitation. J'ai commencé par arracher mon nom de la boîte aux lettres, et pour ne pas me compliquer la tâche j'ai inscrit à la place celui de Didier. Je n'étais pas sûr de l'orthographe, mais il fallait faire vite, et il y avait peu de chances après tout qu'elle regarde ma boîte aux lettres. Le plus important était de me débarrasser de tout ce qui dans mon appartement pouvait me trahir. Depuis la fin de mon histoire avec Anna, j'avais en effet été moins prudent, et avais notamment conservé plusieurs papiers administratifs à mon nom. J'ai fourré le tout dans la trappe du comptoir à eau avec la carte de Paris, j'ai mis un mot de passe sur mon ordinateur, puis j'ai inspecté chaque centimètre de mon studio pour vérifier qu'il ne contenait plus la moindre trace de l'homme que j'étais. Je suis allé ensuite acheter chez Picard des coquilles Saint-Jacques et je les ai fait réchauffer au four.

Quand Marie est arrivée, elle était maquillée et paraissait plus nerveuse qu'à l'accoutumée. J'étais moi aussi mal à l'aise, et j'avais beau avoir déjà fumé plusieurs joints, quand elle m'a proposé un peu de vin j'ai accepté qu'elle m'en verse un fond. Je sentais son parfum à côté de moi, il me montait à la tête. Marie buvait beaucoup, avec une sorte de fièvre, il y avait quelque chose d'un peu forcé dans sa jovialité. Elle touchait mon bras quand elle riait, allait parfois jusqu'à poser sa tête sur mon épaule dans un bref mouvement de tendresse. J'avais terriblement envie de l'embrasser. Elle le sentait, sans doute, mais n'osait rien faire elle-même. Je voyais, quand elle pensait que je ne la regardais pas, que son visage se durcissait, comme s'il y avait en elle une forme de colère triste, sans doute parce qu'elle pensait à François et n'arrivait pas à franchir le pas. La situation était trop tendue, et je n'ai pas eu d'autre choix que de faire semblant de m'assoupir, prétextant dans des derniers remugles avoir mal supporté le mélange du vin et du joint. Elle en a profité pour poser sa tête sur mon épaule et s'assoupir elle aussi quelques instants. Il ne fallait surtout pas qu'elle reste là plus longtemps. Je lui ai demandé d'un air contrit si elle pouvait partir.

— J'suis désolé. J'suis complètement déchiré…

Elle s'est levée à regret, et quand je l'ai raccompagnée jusqu'à la porte, elle m'a regardé longuement en souriant avant de disparaître dans le couloir.

## 19

J'AI PASSÉ LA NUIT SANS DORMIR. Le lendemain matin, je suis allé chez Didier. Je suis arrivé chez lui à 7 heures. Je l'ai réveillé, mais il m'a remercié.

— J'ai pas entendu le réveil. J'allais être en retard.

Il a lancé rapidement un café et s'est dirigé tout de suite vers la penderie pour commencer à s'habiller. Je lui ai dit que je revoyais Marie. Il s'est interrompu, encore en caleçon, dressé sur un pied en train d'enfiler une chaussette. Son visage s'est ouvert dans un grand sourire, puis il a eu soudain une forme d'appréhension.

— Et…
— Quoi ?
— Ben. Comment elle a réagi ?
— Elle sait pas qui je suis. Elle a pas compris que j'étais moi. Elle croit que je suis un autre. Celui que je suis maintenant.

Il a paru surpris.

— Ça fait combien de temps que vous vous voyez ?

— Plusieurs semaines.

Il s'est mis à réfléchir.

— Pourquoi elle fait ça ?

Je lui ai expliqué qu'au début elle me voyait à cause de ma ressemblance avec moi-même, mais que maintenant quelque chose de nouveau s'était créé. Comme si j'étais une nouvelle personne. Et qu'on recommençait tout à zéro.

Didier a eu l'air impressionné. J'ai ajouté que par ailleurs je n'étais plus du tout invisible. Je ne savais pas pourquoi. Il a fini d'enfiler sa chaussette et s'est redressé.

— C'est parce que tu revois Marie.

J'ai froncé les sourcils.

— Quel rapport ?
— T'as trop besoin d'amour pour pouvoir vivre dans la solitude, comme tu l'as fait depuis un an. La présence des gens te manquait. C'est pour ça que quand tu touchais quelqu'un, tu redevenais visible. Sans que tu le comprennes, ton corps te disait ce dont tu souffrais, et ce dont tu avais besoin pour guérir.

J'ai fait la moue.

— Ça explique pas pourquoi toi et Marie, vous avez jamais eu besoin de me toucher pour me voir…

Il a haussé les épaules.

— Parce qu'on était sans doute les deux seuls à t'aimer vraiment…

Je me suis mis à frissonner.

— Ça veut dire que Roxane et Anna m'aimaient pas ?
— Visiblement, non.
— Mais pourtant, elles ont pleuré quand tu leur as annoncé ma mort !
— C'est toujours triste, quelqu'un qui meurt. Il y a pas besoin d'aimer quelqu'un à la folie pour pleurer sa mort.

J'étais dévasté. Didier a essayé de me réconforter.

— Elles étaient peut-être amoureuses… Mais elles t'aimaient pas.

Je suis resté prostré. Didier a enfilé sa deuxième chaussette, puis il est allé se servir du café. J'ai parcouru l'appartement du regard, et j'ai remarqué qu'il était impeccablement rangé. Il n'y avait plus de trace de puzzles nulle part. Tout était propre.

— T'en veux ?
— Non merci.

Didier a bu une gorgée de son café puis est parti mettre un pantalon. Il avait de nouveaux vêtements, plus dans l'air du temps. Je ne l'avais jamais vu comme ça. Pourtant, il n'avait pas l'air déguisé. Il restait toujours complètement lui-même. Je me suis effondré dans le canapé. Didier s'est interrompu dans ses préparatifs, et m'a regardé avec inquiétude.

— Qu'est-ce qui va pas ?

Je lui ai dit qu'il fallait que je meure. Une dernière fois. Il a écarquillé les yeux.

— Mais pourquoi ? Tout va bien, maintenant que tu revois Marie !
— Mais pas du tout ! Tu comprends pas ? Cette situation est pas tenable ! Ça peut mener nulle part !

Elle allait forcément un jour ou l'autre découvrir qui j'étais. On ne pourrait jamais partir en vacances, avoir des enfants. J'allais forcément la perdre. Il a hésité, puis il m'a dit que je ne pouvais pas mourir deux fois avec la même personne. Elle se rendrait compte de quelque chose. Et c'était déjà horrible, ce que je lui avais fait subir.

— Tu t'es comporté comme une merde, François. Ce qu'il faut, dans la vie, c'est donner de l'amour, pas être obnubilé par celui qu'on reçoit des autres.

Je lui ai répondu que c'était une morale de bénitier. Ou de célibataire ; ce n'était pas comme ça qu'il fallait faire si on voulait être aimé. Et je ne voulais pas risquer une deuxième fois de perdre son amour. Didier a soupiré, et m'a dit que si on suivait ma logique, elle ne pouvait plus cesser de m'aimer, puisqu'elle me croyait mort. Et comme elle ne m'avait pas reconnu, je pouvais en plus continuer à la voir. Il ne voyait pas de quoi je me plaignais. C'était la situation idéale. Si ce n'était qu'une question de papiers, je n'avais qu'à aller en chercher d'autres à Barbès, comme on avait fait avec lui. Il était buté. J'ai soupiré.

— Tu pourrais pas au moins me récupérer une vieille urne au cimetière ?
— C'est pas possible. J'y travaille plus. J'ai donné ma démission.

Il m'a dit qu'il avait décidé de reprendre son ancien métier de clown, celui qui le rendait heureux. Il avait fait le deuil de sa femme, maintenant, grâce à son amnésie, qui avait été providentielle. Il pouvait reprendre sa vie. Il avait commencé un stage, avec une compagnie. Ça marchait très bien. Il y allait, justement, c'est pour ça qu'il devait se dépêcher.

— C'est à Gentilly.

Dans quelques jours, il allait partir en Ardèche avec eux, pour un stage d'été, plus intensif. Il avait bon espoir de pouvoir intégrer leur troupe de clowns de rue.

— Didier, je t'en supplie... Au moins l'urne.
— Appelle-moi Michel, s'il te plaît.

Je me suis mis à pleurer. Didier s'est assis à côté de moi sur le canapé. Il a posé la main sur mon épaule.

— Je suis désolé de te dire ça, François, mais j'en ai assez. Le prends pas mal. C'est un médecin qu'il te faut, pas un ami.

Il ne pouvait pas savoir à quel point il était ingrat. C'était grâce à moi s'il était heureux maintenant. Mais je ne lui en ai pas voulu. Au fond, il avait raison. Il fallait juste que je m'occupe des aspects pratiques. Je l'ai donc laissé partir à son stage de saltimbanques, j'ai ravalé mes larmes, et je suis rentré aussitôt chez moi. J'avais trop pris goût à voir Marie. Je ne voulais plus mentir. Il fallait enfin que je sois moi-même.

J'ai ressorti du tiroir de mon bureau tous les papiers administratifs de Didier que m'avait donnés Jean-Luc, et j'ai profité du fait que Marie passait quelques jours dans le sud de la France à l'occasion des 80 ans de sa grand-mère pour faire toutes les démarches. Photocopies de la carte d'identité, de la carte vitale, feuilles d'imposition, j'avais tout ce dont j'avais besoin. J'ai observé plus attentivement la photo de la carte d'identité : vu la piètre qualité de la reprographie, la ressemblance était frappante.

Je suis allé faire une déclaration de vol à la police, en mentionnant que le sac qu'on m'avait dérobé contenait absolument tous mes documents d'identité, mais en fournissant les photocopies et l'extrait d'état civil que j'avais pu obtenir à la mairie de naissance de Didier, j'ai pu faire une demande de renouvellement de carte d'identité, que je recevrais d'ici quelques semaines. On m'a donné en attendant un certificat de déclaration de vol qui m'a permis d'entreprendre toutes les autres démarches. J'ai contacté la caisse d'assurance maladie, ouvert un compte à la banque au nom de Thomas Robak, puis j'ai aussi réactivé l'inscription de Didier à Pôle emploi. Il avait même encore droit à des indemnités. Quant aux impôts, un simple courrier suffirait, puisque Didier était depuis assez longtemps au chômage au moment de son accident pour ne plus être imposable. Il ne restait plus qu'à attendre que me parvienne ma nouvelle pièce d'identité pour que je puisse déménager et tout mettre définitivement à jour. J'ai sorti mes anciens documents d'identité de la trappe du comptoir à eau, et j'ai tout brûlé dans la cocotte-minute, fasciné par ce dernier holocauste qui allait me redonner vie.

Le lendemain matin, je me suis réveillé avec une sensation de joie infinie. J'étais enfin quelqu'un. Je n'avais plus besoin de mentir, de me cacher. Je pourrais désormais vivre mon amour sans avoir peur de le perdre. Il me suffirait seulement de ne jamais évoquer Didier, qui de toute façon allait vraisemblablement quitter Paris, et éviter Jean-Luc et Nathalie, à qui je n'aurais plus affaire une fois que j'aurais changé d'appartement. La vie me donnait une deuxième chance.

En attendant le retour de Marie, j'ai repris intensivement mon activité pour *Cotillon* et les autres magazines et sites web pour lesquels j'avais déjà travaillé. Je ne voyais pas les jours passer. J'avais envoyé quelques messages à Marie pour garder le contact, mais elle m'avait prévenu qu'on ne captait pas très bien dans le village où habitait sa grand-mère, et de fait elle ne m'a pas répondu. J'avais tout mon temps. Je profitais de Paris. C'était le début de l'été. Tout me semblait possible. Je n'avais jamais pensé que la vie pouvait être si merveilleuse.

Impatient de pouvoir concrétiser la nouvelle relation que nous avions commencé à nouer, j'ai envoyé un SMS à Marie la veille de son retour pour lui proposer de nous voir le lendemain soir. J'avais hâte de lui parler. Elle me manquait, et pour la première fois cette sensation n'était pas une souffrance. J'ai passé la soirée au *Cyclope*, le bar de Serge, qui depuis quelques semaines était devenu le repaire de la bohème parisienne, et j'ai envoyé à Marie une photo du lieu avec un commentaire drolatique. Des femmes me tournaient autour. Je ne les regardais même pas.

Le lendemain matin, alors que l'avion de Marie était déjà censé avoir atterri, je n'avais toujours pas de réponse. J'ai patienté deux heures et j'ai essayé de l'appeler trois fois, à cinq minutes d'intervalle. Le téléphone sonnait, mais elle ne décrochait pas. Je me suis dit que son téléphone avait dû avoir un problème, ou qu'elle se l'était fait voler. Je lui ai écrit un mail pour lui renouveler ma proposition :

> *Marie, est-ce que tout va bien ? Je t'ai écrit plusieurs fois depuis dimanche, et je n'ai pas non plus réussi à te joindre par téléphone... Je voulais te proposer de nous voir ce soir.*
> *J'espère que c'est idiot de ma part, et que tu as juste perdu ton téléphone, mais j'ai peur qu'il te soit arrivé quelque chose... Est-ce que tu peux m'envoyer un petit mot si tu as ce message ?*

Je suis allé sur le site de l'aéroport d'Orly pour vérifier que son avion était bien arrivé, et je m'en suis voulu aussitôt d'avoir exprimé mon inquiétude. Après tout, nous n'étions pas encore ensemble, et je ne voulais pas qu'elle ressente une forme de pression, alors que jusqu'ici c'était elle la plupart du temps qui prenait l'initiative de m'écrire. En attendant qu'elle me réponde, je me suis attelé à un article pour *Cotillon* que je devais rendre pour le lendemain. Je vérifiais régulièrement mes mails. Je n'avais toujours pas de réponse. J'ai essayé de la rappeler vers midi. Le téléphone continuait à sonner, mais Marie ne décrochait toujours pas. Peu après 13 heures, je lui ai envoyé un autre SMS :

> *Marie ? J'ai l'impression que ton téléphone n'a pas reçu mes messages. Est-ce que tu peux m'envoyer même juste un mot, n'importe lequel, celui de ton choix, pour que je sache si tu les reçois ?*

Je me suis efforcé de continuer à travailler à mon article, mais je n'y arrivais plus. J'avais beau me raisonner en me disant qu'elle était peut-être dès son retour partie travailler à la bibliothèque ou dans un lieu sans internet, l'inquiétude me gagnait. Marie répondait toujours très rapidement à mes messages. Ce n'était pas normal. Pour éviter de gamberger, je me suis mis à nettoyer l'appartement, qui était déjà parfaitement propre, puis je suis allé m'abrutir à la piscine, et ça m'a fait du bien : je n'avais plus accès à mon téléphone, et à chaque mouvement de bras, je me disais que Marie était peut-être en train de me répondre. Mais à mon retour aux vestiaires, je n'avais toujours pas de message.

Il fallait que je me calme. J'ai roulé un joint. Je me suis mis à jouer aux cartes sur mon ordinateur, éteignant et rallumant régulièrement mon téléphone pour vérifier qu'il fonctionnait bien, consultant mes mails toutes les dix minutes.

J'ai compris qu'il valait mieux que je ne reste pas enfermé, et je suis allé au cinéma MK2 Quai de Seine à la séance de 17 heures 30. C'était une histoire d'espions absolument insignifiante, mais mon téléphone ne captait pas et j'étais en paix. À ma sortie, vers 19 heures, je me suis mis à prendre peur. Je n'avais toujours aucune nouvelle. J'ai essayé encore une fois de l'appeler. Elle n'a pas décroché. Sur le retour, je suis passé devant son immeuble et j'ai regardé sa fenêtre depuis la rue. Les rideaux étaient tirés. Elle n'était visiblement pas passée chez elle depuis son retour. Une fois chez moi, je me suis créé un compte Facebook pour avoir un autre moyen de la joindre. J'ai trouvé son compte et je lui ai envoyé un nouveau message :

*J'ai échoué à te joindre par téléphone, SMS et par mail, j'essaie ici... Je t'avais proposé hier de nous voir ce soir, c'est pour ça que je suis un peu inquiet de ton silence. Désolé si c'est juste parce que tu as perdu ton téléphone et que tu n'as pas lu tes mails... Dis-moi si tout va bien ?*

Le temps a passé. Il était 21 heures. Elle avait dû forcément voir que j'avais essayé de l'appeler, et lire mes messages ou mes mails, non seulement ceux que j'avais envoyés aujourd'hui et hier, mais aussi tous ceux des jours derniers. J'ai eu soudain envie de boire. Je suis allé au *Dixième Degré*, le bar en bas de chez moi, pour me détendre avec une pinte de Chouffe. J'ai essayé de rappeler Marie, mais elle ne répondait toujours pas. De toute façon, je n'avais plus de batterie. Mon téléphone s'est éteint. N'y tenant plus, je suis retourné voir devant son immeuble pour vérifier s'il y avait de la lumière à ses fenêtres. Les rideaux avaient été ouverts, et une petite lampe semblait allumée. Je suis monté jusqu'à son palier pour en avoir le cœur net. J'ai collé mon oreille contre la porte, et j'ai cru entendre du bruit. J'ai frappé. Personne n'a répondu. J'ai collé à nouveau mon oreille. Je me suis rendu compte que c'était la radio, et j'ai eu peur qu'il lui soit arrivé quelque chose. La porte était vétuste, je l'ai enfoncée d'un coup de pied. Je ne m'étais pas trompé. Une petite lampe était bien allumée. Son sac de voyage était posé à côté du canapé, à moitié défait. Un soutien-gorge et une culotte traînaient sur le sol. Elle pouvait très bien avoir été interrompue au moment où elle déballait ses affaires, mais pour la première fois depuis que je la connaissais, un frisson de jalousie m'a traversé la colonne. Je suis devenu fou, et je me suis mis à fouiller l'appartement de fond en comble à la recherche d'indices.

J'ai observé la douche, les draps, la cuvette des toilettes et j'ai rampé sur le parquet pour trouver les traces d'une présence masculine. Il n'y avait rien. J'ai ouvert son ordinateur, consulté ses mails. Il y avait bien quelques échanges avec des collègues, mais tout cela restait très froid et professionnel. J'ai parcouru toutes ses photos, ses documents. J'ai trouvé sa thèse. Son roman. Je l'ai ouvert, et au bout de quelques lignes, je me suis mis à blêmir. J'ai lu une page entière. Une deuxième. Ça ne parlait que de nous. De choses que je n'avais pas imaginées. Je tremblais. Il fallait que je puisse tout lire, mais j'avais peur que Marie revienne, et dans la panique j'ai emporté l'ordinateur avec quelques objets de valeur pour faire croire à un cambriolage. J'ai descendu les marches avec précaution. Je n'ai croisé personne.

## 20

À VRAI DIRE, CE N'ÉTAIT PAS UN ROMAN. Elle avait beau avoir changé les prénoms, modifié deux ou trois détails, c'était notre histoire. Rédigée dans un style ampoulé, mélodramatique et surchargé de logorrhées psychologiques qui me faisait honte. Le roman débutait le matin où je l'avais quittée encore à moitié endormie pour aller me suicider sur le pont Neuf. Il évoquait les 24 heures d'angoisse qu'avait connues Chloé, pendant lesquelles celle-ci avait cherché en vain à joindre Alexandre. À bout de nerfs, elle était sur le point d'appeler la police et les hôpitaux quand Georges, le meilleur ami d'Alexandre, était arrivé dans l'appartement. Il lui avait annoncé qu'Alexandre était devenu fou. Il venait d'essayer de se suicider, en expliquant que c'était pour sauver leur amour. Georges avait réussi pour le moment à le raisonner, mais Alexandre n'en démordait pas : il voulait absolument mourir, ou en tout cas que Chloé le croie mort. Et il lui avait demandé de l'aider.

Georges n'avait pas pu se résoudre à faire une telle saloperie. Il avait choisi de dire la vérité à Chloé, mais la conjurait de jouer le jeu d'Alexandre. Sinon il se suiciderait pour de bon, Georges en était convaincu. Il avait déjà fait une tentative, dont il avait réchappé par miracle. Et encore à la sortie de l'hôpital il s'était planté un couteau dans la cuisse. Il avait complètement perdu la raison. Il aurait bien sûr fallu le faire interner, mais Alexandre n'aurait jamais consenti à aller voir un médecin. Comme par ailleurs il n'était pas violent physiquement, la police ne pouvait pas intervenir. On ne pouvait que le laisser aller jusqu'au bout de sa démarche, et espérer qu'il finisse par se rendre compte qu'il faisait fausse route.

Chloé ne voulait pas le croire, elle lui disait que ça n'avait aucun sens. Il lui avait répondu qu'il ne mentait pas. Que les fous existaient. Qu'il le lui prouverait demain matin si elle venait au cimetière.

Le lendemain, depuis une fenêtre du funérarium du Père-Lachaise, il lui avait montré aux jumelles la fenêtre d'où Alexandre les observait. Et elle l'avait vu, le crâne rasé, en train d'épier leur arrivée. Elle avait eu la nausée. Une fois devant la pelouse du Jardin du souvenir, elle l'avait en vain cherché du regard dans l'espoir qu'il lui fasse un signe au dernier moment et mette fin à ce cauchemar. Des larmes de rage et de honte avaient fini par couler sur son visage. Elle n'avait pas eu la force d'aller jusqu'au bout, et était partie précipitamment avec l'urne.

Dans les premiers temps, Chloé avait eu du mal à se faire une raison. Elle se disait que ce n'était peut-être qu'un coup de folie, qu'Alexandre allait finir par recouvrer ses esprits. Elle était restée en contact avec Georges. Elle avait besoin de comprendre ce qui s'était passé. Georges lui avait appris qu'il y a quelques années, Alexandre avait écrit des romans. Elle les avait lus d'une traite, en espérant qu'ils l'aideraient à comprendre ce qui avait pu se passer. Mais ils étaient incroyablement médiocres, cela l'avait déçue.

Peu après, elle avait revu Georges dans un bar à côté de Réaumur. Il lui avait dit qu'il fallait perdre tout espoir. Alexandre était profondément atteint. Il avait complètement changé d'apparence, de voix, de manières. Il vivait caché dans un taudis. C'était un désastre. Georges lui avait donné sa nouvelle adresse, et elle s'était mise à l'épier. Ce qu'elle avait vu l'avait effrayée. Il avait l'air d'un psychopathe, avec ses longs vêtements noirs, ses bottes et son crâne rasé, ne sortant que la nuit en rasant les murs.

Elle avait déménagé, s'était inscrite en thèse, avait cessé de voir Georges. Elle s'était mise aussi tout de suite à fréquenter d'autres garçons. Le plus possible. Mais ce qu'elle vivait avec ces autres garçons était décevant, et malgré elle, elle continuait à penser à Alexandre. À imaginer l'histoire qu'ils auraient pu avoir ensemble sans ce coup de folie. Elle n'arrivait pas non plus à exclure totalement la possibilité qu'il puisse un jour guérir. Elle constatait avec colère que finalement son stratagème de fou fonctionnait : parce qu'il avait disparu au moment où leur amour était le plus fort, elle ne pouvait s'empêcher d'idéaliser leur relation. Elle s'était mise alors à écrire un roman, ce roman, pour essayer de se débarrasser de cet amour. Elle s'était cloîtrée, y avait travaillé sans relâche, délaissant sa thèse.

Et puis un jour, Georges l'avait recontactée. Il lui avait expliqué qu'Alexandre allait de plus en plus mal. Qu'il s'enfonçait complètement dans son délire, et avait perdu tout sens de la réalité. Qu'il avait rencontré d'autres filles, à qui il avait fait subir la même chose. Cette fois, Georges n'avait pas eu la possibilité comme il l'avait fait avec elle de les prévenir. Il n'avait pu leur dire la vérité qu'après-coup. Il la conjurait d'essayer de faire quelque chose, d'aller lui parler, en se disant que peut-être la revoir produirait sur lui comme un électrochoc. Il ne voyait pas d'autre solution. Georges lui avait dit qu'Alexandre avait rendez-vous dans un bar à Oberkampf le lendemain. Elle pourrait alors faire semblant de le rencontrer par hasard.

Elle lui avait promis qu'elle irait. Mais en revanche, elle n'avait aucunement l'intention d'essayer de sauver Alexandre. Ce type était un psychopathe. Derrière ses discours dégoulinants de sentimentalité, il n'y avait rien d'autre qu'un narcissisme obsessionnel. Il se servait des gens pour obtenir de l'amour et n'avait aucune considération pour la souffrance des autres. Il n'était pas fou, c'était seulement un immonde connard.

Elle lui ferait subir ce qu'il leur avait fait subir à elle et aux autres filles. Elle ferait mine de ne pas le reconnaître, s'efforcerait de nouer une relation avec lui, de le faire retomber amoureux d'elle, et de lui donner l'illusion qu'ils pourraient se remettre ensemble. Puis elle disparaîtrait, du jour au lendemain, comme il l'avait fait.

La seconde partie du roman commençait par le récit de la première rencontre entre Chloé et Alexandre, à la terrasse d'un café. Chloé l'avait suivi ensuite pour voir où il habitait, mais Alexandre avait semblé se douter de quelque chose, et elle avait dû se cacher dans un magasin de primeurs, puis rester une heure entière dissimulée derrière une poubelle devant son immeuble, après avoir eu l'impression qu'il l'avait repérée et la guettait depuis sa fenêtre. Elle était rentrée chez elle choquée, en se demandant si elle aurait les épaules pour jouer une telle comédie. Alexandre, qui s'était encore métamorphosé physiquement depuis la dernière fois où elle l'avait vu, avait même prétendu s'appeler Bruno. Tout cela était dément. Elle avait failli renoncer. Mais ils habitaient le même quartier. Elle le voyait passer ses journées dans les bars et les restaurants, paisible, heureux, insouciant. Visiblement, il continuait même à multiplier les conquêtes, puisqu'elle l'avait surpris plus d'une fois sortir au petit matin de différents immeubles du quartier. La haine l'avait reprise, et elle avait décidé d'aller jusqu'au bout.

La tâche s'était cependant révélée plus compliquée que prévu. Marie expliquait que lors de leur deuxième rencontre, dans un bar du quartier Sainte-Marthe, quand Alexandre avait pleuré à l'évocation de sa mort imaginaire sous les wagons du métro, elle avait été atterrée de constater à quel point il s'était totalement dissocié de la personne qu'il avait été, et de ce qu'il avait fait – à quel point, comme Georges le lui avait dit, il était devenu une autre personne. De fait, elle ne reconnaissait pas l'homme qu'elle avait face à elle. Ce n'était pas Alexandre. C'était Bruno, un brave garçon timide, très doux, qui n'avait rien à voir avec l'homme qui l'avait fait souffrir. Et elle avait beau prendre plaisir à le manipuler, à constater que son entreprise de séduction fonctionnait, le dédoublement dont il souffrait la gagnait : tout en haïssant Alexandre, et en ayant souvent du mal quand elle était avec lui à contenir la rage qui l'habitait, elle voyait bien qu'elle commençait à s'attacher à Bruno. C'était d'ailleurs pourquoi son entreprise de séduction fonctionnait si bien : elle était presque sincère.

Mais elle parvenait à ses fins. Bruno était en train de tomber amoureux d'elle. Le moment était venu. Chloé s'apprêtait à partir quelques jours chez sa grand-mère dans le Luberon. À son retour à Paris, elle disparaîtrait. Elle ne répondrait plus à aucun de ses messages, vivrait quelque temps chez une amie, puis déménagerait, sans donner de nouvelles.

La suite du texte n'était pas tant un récit qu'une suite de notes, où Marie, sans se cacher derrière le personnage de Chloé, écrivait ce qu'elle ressentait, et se demandait comment elle devrait le mettre en forme, tout en se posant des questions sur ce qu'elle allait faire. Elles avaient visiblement été rédigées juste avant le départ de Marie, soit le lendemain sans doute de notre dernière rencontre chez moi. Les larmes me sont aussitôt montées aux yeux.

Marie se demandait si elle aurait le courage d'être aussi cruelle que moi. Surtout, elle admettait qu'elle avait été prise à son propre jeu. Elle était toujours amoureuse, elle ne pouvait pas le nier. Amoureuse d'une personne malade, certes, mais amoureuse quand même. Après tout ce temps, elle n'avait pas réussi à se débarrasser de cet amour. Au bout d'un an et demi, ce n'était pas anodin. Il fallait peut-être qu'elle admette qu'on peut aimer des personnes horribles, malades, qui nous font souffrir. Que les seules personnes qu'on aime vraiment sont peut-être au fond, justement, celles qui nous font souffrir. Qu'en définitive, c'était moi qui avais raison : on ne peut aimer que les gens qui ne sont pas là. Qu'ils soient morts, nous rejettent, se dérobent, cela revient au même.

L'amour ne fonctionne que sur l'absence, la conscience permanente de sa mortalité ; de la même manière que c'est parce qu'il sait qu'il est mortel que l'être humain réussit à prendre plaisir à la vie.

## 21

J'AI FERMÉ LE DOCUMENT, et je me suis affalé sur ma chaise, anéanti. J'avais donc vécu pendant un an dans l'illusion la plus complète. Vis-à-vis de Marie bien sûr, mais aussi de Didier, qui s'était révélé une ordure. Sans parler de Roxane et Anna, que j'imaginais éplorées par ma disparition et émerveillées par le souvenir de notre amour, alors qu'après les révélations de Didier, elles avaient dû me honnir et s'efforcer de m'effacer au plus vite de leur mémoire. Le monde dans lequel je vivais depuis un an n'existait pas. J'étais comme un homme dont l'ouragan vient d'emporter la maison, et qui se retrouve assis sur son fauteuil au milieu d'un champ. J'étais seul. Il n'y avait plus rien.

Je suis sorti de chez moi et je me suis mis à marcher au hasard dans la nuit. Les rues étaient désertes, mais elles auraient pu aussi bien être bondées, ça ne faisait pas de différence. Je ne voyais rien. Je me contentais d'avancer, de mettre un pied devant l'autre.

Je me suis retrouvé au bord du canal Saint-Martin, et je me suis assis sur la rive, laissant mes pieds affleurer la surface. Les eaux étaient parsemées de détritus. Des canettes de bière venaient parfois battre contre mes pieds. Je n'y prêtais pas attention.

En regardant les eaux sombres du canal, l'idée de mettre fin à mes jours m'a à nouveau traversé l'esprit. Comme Marie avait prévu de ne plus me donner de nouvelles, elle n'en saurait jamais rien : cette fois, ce ne serait pas pour elle que je le ferais, mais pour moi. Les quais étaient déserts. Ici, je ne risquais pas non plus d'être sauvé par un bateau-mouche. Et j'avais dans ma poche une tablette d'anxiolytiques et un petit sachet d'herbe, qui suffiraient largement à m'abrutir. Je me laisserais avaler par les eaux sans rien sentir. Ce serait presque une mort douce.

J'ai regardé autour de moi, et je me suis rendu compte que c'était sur ce même quai que Didier avait été retrouvé sans connaissance, il y a deux ans ; quand Thomas Robak était mort, pour donner naissance à Didier. Maintenant que j'avais récupéré son identité, je me suis dit que ce serait beau que je fasse décéder Thomas Robak une deuxième fois, au même endroit. La boucle se refermerait.

La perspective de ma mort me plongeait dans un grand calme, et je goûtais sans angoisse la beauté du moment. Le jour commençait à se lever sur le canal. L'inquiétante masse sombre des eaux cédait la place à un clapotis de couleurs. Il faisait bon. J'avais envie de profiter de ces quelques instants de vie qui me restaient avant ma mort.

Après tout, rien ne pressait. Je pouvais aussi très bien ne me suicider que demain. Ou même ne pas me suicider du tout. Maintenant que j'avais perdu Marie, c'était presque comme si j'étais déjà mort, de toute façon. Ça ne faisait pas de différence.

Je ne pouvais plus me voiler la face : j'avais été un salaud. Un salaud, mais surtout un imbécile, car c'était bien Marie qui avait raison : ce n'est que parce qu'il est mortel que l'amour est précieux. En voulant le rendre éternel, j'étais complètement passé à côté de l'amour. J'avais tout raté. Ma stupidité m'effarait.

Le jour s'était levé. Les premiers joggeurs commençaient à défiler sur le pavé, et le lent convoi des éboueurs se traînait le long des quais pour avaler les montagnes de bouteilles vides qui s'amassaient au pied des poubelles surchargées. Je me suis levé, et j'ai remonté calmement la rue Alibert. Je me sentais finalement libre, délivré d'un poids.

À mon retour chez moi, j'ai ouvert les fenêtres pour aérer la pièce. Elle m'apparaissait sous un nouveau jour. Je ne la reconnaissais pas. J'ai hésité à me remettre tout de suite à mon article pour *Cotillon*. Il fallait peut-être que je dorme un peu. J'ai voulu regarder l'heure sur mon téléphone, mais il n'avait plus de batterie. Je l'ai mis à charger, et quelques minutes plus tard, il a vibré. C'était Marie. Elle m'avait écrit à 23 heures, pendant que j'étais chez elle.

*François je suis désolée, comme je te l'avais dit mon téléphone ne captait pas à la campagne, et à mon retour à Paris hier matin je n'avais plus de batterie et je me suis rendu compte que j'avais oublié mon chargeur chez ma grand-mère. Je ne voulais pas t'inquiéter. On peut se voir demain soir si tu veux. J'espère que tu vas bien. Je t'embrasse*

Mon corps a chaviré, et je me suis effondré sur le sol, fou de joie. Je lui ai récrit aussitôt pour déterminer avec elle un lieu de rendez-vous, et j'ai fermé les yeux. Je n'arrivais pas à croire ce qui m'arrivait.

Quand je me suis réveillé deux heures plus tard, Marie m'avait répondu. Elle était d'accord. J'avais l'impression de flotter. Je me suis préparé un café, j'ai écrit mon article pour *Cotillon* en vingt minutes, puis j'ai passé la journée à trépigner, en attendant le moment de ma rencontre avec Marie. J'étais éberlué d'avoir eu cette chance de la rencontrer. Émerveillé qu'elle ait guéri par la force de son amour et de son intelligence les traumas dans lesquels je m'empêtrais depuis tant d'années.

Quand elle est arrivée au *Relais de la Butte*, à côté de la place Émile-Goudeau, à Montmartre, où je m'étais installé en terrasse, Marie avait l'air aussi émue que moi, ou en tout cas très nerveuse de me revoir. Elle portait la même petite jupe à fleurs rouges et la veste grise cintrée qu'elle avait le jour de mon enterrement. Elle est restée un moment immobile face à moi. Le vent jouait dans les mèches de ses cheveux courts. J'ai tout de suite eu envie de me jeter sur elle pour l'embrasser. Elle a vu mon émotion et elle a souri, puis elle est venue s'asseoir à côté de moi à la table sur le petit banc, face à la rue des Abbesses. J'ai senti son parfum et j'ai dû me contenir pour ne pas flancher trop tôt. Il fallait d'abord que je la laisse parler. Je lui ai demandé comment s'était passé son séjour à la campagne. Elle m'a dit que les vieux dormaient vraiment beaucoup, et qu'elle n'avait pas fait grand-chose. Elle s'était reposée. J'ai attendu encore quelques instants, mais Marie ne disait rien. Je lui ai demandé si elle allait bien. Elle a fait la grimace et a soupiré.

— J'ai été cambriolée hier soir… J'ai plus d'ordinateur, plus rien.
— Mais ça veut dire que t'as tout perdu ? Ta thèse, ton roman ?
— Non, ça va, j'avais fait des sauvegardes.

Le serveur est arrivé, elle a commandé un whisky double. J'ai repris un Perrier. Marie était trop nerveuse, j'ai essayé de l'aider.

— Et tu veux pas me dire de quoi il parle, alors, ton roman ? Ou tu préfères attendre que ce soit fini ?

Elle a papilloté des yeux, a semblé hésiter.

— Je sais pas…

Je n'ai pas insisté. Il fallait lui laisser le temps. Nous nous sommes mis à regarder la ville, qui s'étalait devant nos yeux au-delà de la rue des Abbesses. J'avais des frissons de bonheur d'être là à côté de cette femme si extraordinaire, à l'amour si merveilleux, si terriblement fort pour avoir été capable de me pardonner. Sa main était posée sur le banc à côté de moi. J'ai avancé ma main, et je l'ai posée sur la sienne. Je lui ai dit que j'avais pris goût à la voir. Elle s'est troublée, mais a continué à regarder droit devant elle.

— Moi aussi…

Je me suis mis à trembler et, incapable de résister davantage, je me suis penché vers elle pour l'embrasser. Elle m'a repoussé doucement, mais elle a gardé ma main dans la sienne, et l'a reposée sur le banc.

— En fait, mon roman… Il parle de mon histoire avec François. Mais… c'est pas du roman que j'ai besoin de te parler. C'est de ce qui s'est vraiment passé.

Elle s'est tournée vers moi, le visage contracté.

— Je peux plus mentir. J'ai besoin de te dire la vérité. Parce que c'est important pour moi, pour nous.

J'étais un peu frustré de ne pas avoir pu l'embrasser, mais je savais que je pourrais le faire à la fin de son récit, et je me suis contenté de froncer les sourcils pour avoir l'air surpris. C'était si doux aussi de sentir ma main dans la sienne.

— Important pour nous ?
— Oui.

Elle m'a alors raconté tout ce que j'avais déjà lu. Elle n'a pas essayé de me faire croire que c'était une fiction. Elle ne parlait plus de Georges, de Chloé, Bruno ou Alexandre. Elle parlait de nous. Et je n'ai pu m'empêcher durant son récit de repasser par toutes les émotions par lesquelles j'étais déjà passé cette nuit en lisant son roman. Elle voyait bien que je me repentais, par la façon que j'avais de serrer sa main aux moments les plus poignants, et les plus cruels pour moi. On approchait de la fin.

— On ne choisit pas de qui on tombe amoureux. Aussi horrible et toxique que puisse être la personne, il y a au fond de nous ce cancer qui nous fait penser qu'on peut la changer. Qui nous donne envie de la soigner, d'essayer de la rendre heureuse. Même si on sait qu'elle pourra nous faire souffrir à tout moment. Parce qu'au fond, l'amour c'est ça, malheureusement…

J'étais admiratif, car elle avait su, mieux que dans ses notes encore, trouver les mots pour exprimer toute l'ambivalence de ce sentiment d'amour, qu'on avait tendance à présenter comme un havre de paix et de sérénité, alors qu'il était au contraire le lieu même de la lutte et de la souffrance permanentes. Elle était parvenue au moment où sa grand-mère l'avait raccompagnée à la gare à son départ. C'était la fin du récit. J'avais du mal à retenir mes larmes, et je serrais la main de Marie de plus en plus fort.

— Mais je me suis alors rendu compte que je ne pourrais pas faire ça. Que je ne pourrais pas t'infliger une disparition. Il n'y a rien de plus lâche, de plus misérable, de plus bas que de disparaître comme ça, du jour au lendemain. Que de faire sentir à l'autre qu'on n'existe plus.

J'ai souri.

— Il fallait certes que je sois à la hauteur de ta saloperie, mais j'ai senti au fond de moi, qu'en dépit de tout ce que j'avais pu faire, j'étais trop… morale pour faire une chose pareille.

Elle a souri à son tour, en relâchant ma main.

— Et que du coup, la seule chose que je pouvais faire pour réagir noblement, sans me rabaisser, à ce que tu m'avais fait, c'était te cracher au visage.

Son sourire s'est éteint, et ses traits se sont figés. Elle s'est alors tournée vers moi, et elle m'a craché en pleine face. La partie centrale de son crachat m'a atterri dans l'œil, mais tout le reste de mon visage était moucheté de salive, jusqu'à mes cheveux. J'ai cligné des yeux pour faire sortir la salive de ma pupille, et j'ai vu dans le regard de Marie un immense soulagement. Quelque chose s'était libéré. Elle s'est levée, a jeté un billet sur la table et s'est éloignée, sans se retourner.

Je suis resté assis sans bouger. Mes yeux étaient humides, et je ne savais pas si c'était à cause des larmes ou du crachat de Marie. La salive s'était mise à couler sur mon visage. Elle est descendue sur mes joues, le long de mon nez. Quand elle est parvenue jusqu'à mes lèvres, j'ai ouvert la bouche, et je l'ai avalée, car c'était la salive de mon amour.

Achevé d'imprimer en juillet 2017 par les imprimeries Corlet.
Isbn : 978-2-37055-123-8. N° Imprimeur : 191078.
Dépôt légal : été 2017.